AF449733

ANUNNAKI

Narrativa

251

© 2024 – Gilgamesh Edizioni
Via Giosuè Carducci, 37 – 46041 Asola (MN)
gilgameshedizioni@gmail.com – www.gilgameshedizioni.com
Tel. 0376/1586414

ISBN 978-88-6867-747-3

È vietata la riproduzione non autorizzata

In copertina: Progetto grafico di Dario Bellini.

© Tutti i diritti riservati

Marisa Gianotti

VENEZIA, ZANETTA
E PUTTE DI CHORO

Un elegante, giovane gentiluomo con *baùtta* era entrato, si era tolto il cappello e dopo un sol cenno di saluto, con passo sicuro, si era diretto alla stanza del gioco.

Nel ridotto le delicate fragranze diffuse dalle dame si mescolavano al profumo intenso del caffè e all'aroma dolciastro dei tabacchi. Nell'attigua sala, il casino, alcuni uomini erano già impegnati al gioco del faraone.

Il ridotto era illuminato da un imponente lampadario e Cecchina e Lucietta, sedute su un piccolo sofà, parlavano con Norina, *abbracciata* dalla grande poltrona che stava loro di fronte, e con Giacometto che, in piedi, teneva appoggiato un gomito sull'alto schienale. Le tre dame erano in precario equilibrio sulle imbottiture a causa degli abiti rigidi e degli ingombranti *paniers* e le maschere non riuscivano a nascondere le peculiari espressioni dell'armonia che esisteva fra loro.

Su un piccolo tavolo, il servizio di porcellana per il rito pomeridiano del caffè e una bomboniera con confetti.

Cecchina aveva circa trent'anni e, nonostante non fosse più tanto giovane, era una donna di grande fascino. Alta, dalla vita sottile, camminava sicura e a passo svelto. Raramente rideva, spesso sorrideva con studiata naturalezza e sapeva trattenersi da facili giudizi. I suoi interessi e la innata capacità di saper ascoltare le permettevano di destreggiarsi anche in conversazioni di difficili argomenti. Faceva uso di creme e altri segreti rimedi per mantenere il viso e il décolleté candidi e senza rughe e aveva molta cura delle mani e dei denti. Suo cruccio, sin da piccola, erano i piedi e le caviglie.

«Cecchina, sei bella come un angelo, ma questi piedi son *luunghi*… e che caviglie!» sottolineava ridendo sua madre.

Lei aveva imparato. Sempre più accorta, nascondeva le caviglie e mimetizzava le dimensioni dei piedi ornando le scarpe con grandi fibbie o eccentrici fiocchi di raso.

Mentre parlava con Lucietta e Norina, indossava un abito lungo di velluto color verde oliva e sulla ampia scollatura, proprio all'inizio del profondo solco che separava i bei seni, un'importante spilla. Un iris di vetro soffiato color giallo e arancio.

Cecchina si rivolgeva alle amiche in modo amabile, anche se l'istinto la spingeva a competere con la loro età, e, attenta, valutava la straordinaria bellezza di Lucietta. Mentre le altre parlavano, lei, con un velo di malinconia, notava quanto fossero fresche, belle e pensava: "Devo stare attenta, devo usare il cervello, perché una *toseta* come queste due non mi soffi Zuliàn".

Dopo la morte della madre, cameriera per tutta la vita presso una ricca famiglia di Venezia, viveva da sola in una modesta casa in calle de le Ostreghe, lasciata per testamento dal vecchio padrone insieme a una somma «per crescere la Cecchina».

Una ripida scala e, oltre la porta a un solo battente, due stanze che prendevano luce dalle finestre che davano su un piccolo rio. Nella prima stanza un tavolo, quattro sedie, una credenza, un camino, una rastrelliera con attrezzi da cucina sopra un fuoco e un uscio che portava all'altra camera dove un'importante specchiera sopra una cassapanca catturava gli sguardi. Nessuno prestava attenzione al letto, ai comodini, al lavabo e al baule per cappelli, scarpe e borse alla base della pediera. I mobili di miglior fattura, nel tempo, erano arrivati dalla famiglia presso cui la madre aveva lavorato.

Era convinzione comune che il ricco veneziano fosse il padre di Cecchina e anche lei lo aveva sospettato, ma sua madre le aveva sempre detto: «Tuo padre era marinaio ed è morto prima che tu nascessi, in un naufragio... a Corfù».

"Fiammetta, Biàso e tutte le bambine delle *Zitelle*, come me, non hanno il padre, non lo hanno mai conosciuto... come noi a Venezia ce ne sono tanti…" si rincuorava Cecchina.

«Venezia è tutto il mondo… Ognuno può fare ciò che gli piace o crede di saper fare: cantare, suonare, recitare… Ci sono tanti teatri! Non importa di chi sei figlio… puoi diventare monaco, vescovo, notaio o dottore… soffiare il vetro, fare merletti o tessuti… costruire gondole, peote o tartane, diventare un mercante e… viaggiare!» Queste affermazioni si sentivano spesso nelle calli.

Erano parole veritiere, dette da poveri e aristocratici, signore, cortigiane, commercianti, servi e gente di mare.

Nonostante la realtà che la circondava e le frasi che coglieva, Cecchina aveva sofferto la mancanza del padre. Lei era ancora in fasce e sua madre con sofferenza, ma risoluta, l'aveva portata all'Hospitale.

"Voglio che lei sappia leggere, scrivere e impari il merletto… Non deve per tutta la vita obbedire a un padrone come ho fatto io" ripeteva per farsi coraggio. Questi pensieri le davano la forza di superare il dolore che provava per la lontananza dalla sua creatura.

Cecchina non ricordava il giorno del suo arrivo alle Zitelle, ma ricordava quando sua madre andava a trovarla e i suoi pianti quando la lasciava. Lei l'accarezzava e le sussurrava: «Cecchina, non piangere, torno domenica, ti porto una cuffietta rossa… una vestina… un fiocco…».

Così aveva trascorso tutte le settimane: aspettando la domenica e le feste… Aspettando sua madre e i regali.

Era la festa di Santa Lucia e Cecchina aveva cinque anni.

Un giorno bellissimo. Appena sveglia, come le altre bambine dell'istituto, aveva trovato confetti e un piccolo regalo sul cuscino, e al pomeriggio sua madre le aveva portato una mantellina di lana rosa.

Prima di andarsene, raggiante, felice alle lacrime, le aveva annunciato: «Trascorreremo il Santo Natale insieme, resterai con me sino alla Befana… Sei contenta, Cecchina? Finalmente tanti giorni insieme! Giocherai con gli altri bambini nel Campo. Sarà bellissimo, vedrai».

Le parole di sua madre le avevano procurato una certa agitazione: non aveva mai trascorso tanto tempo con lei.

In quei giorni nel Campo aveva conosciuto e giocato con altri bambini. Marco era il più grande, la coinvolgeva sempre con un «Ti spiego io come si gioca» e ripeteva: «Non dovete prenderla in giro perché non è forte e veloce come noi…». La difendeva sempre da chi rideva delle sue insicurezze.

I bambini del campo non erano ben vestiti e nemmeno tanto puliti, ma erano svelti, scaltri, furbi, abituati a gareggiare e spesso lei si trovava in difficoltà.

Ma Marco era sempre pronto ad aiutarla con generosità.

Avevano fatto un grande pupazzo di neve vicino al pozzo e Cecchina si era divertita molto a colpire con grosse palle di neve le barche sul rio. Aveva visto un altro modo di vivere ed era tornata volentieri alle Zitelle, per raccontare ogni cosa a Orsola, la sua più cara amica.

A quattordici anni, diventata un'abile merlettaia, era tornata con la madre in via de le Ostreghe.

Era una bellissima ragazza e quando usciva per qualche commissione c'era sempre qualcuno che le faceva dei complimenti: «Siete elegante! Diventate sempre più bella!».

Lei sorrideva e, un po' timida, rispondeva in modo garbato.

Tutti ammiravano la sua grazia e il suo buon gusto.

Marco, quando la incrociava, cercava di intrattenerla, le proponeva di incontrarsi, ma lei rifiutava sempre.

Era iniziato il Carnevale e Marco e un paio di ragazze avevano insistito perché anche lei si mascherasse: «Vieni con noi in Campo San Moisè! Di sicuro ci divertiremo!».

«Cecchina, perché non vai a San Moisè con gli altri? Non sei mai andata al Carnevale con i tuoi coetanei. Io posso stare da sola, vai...» l'aveva incoraggiata sua madre, tossendo. «Nel baule ci sono abiti, maschere... qualcosa troveremo.»

Cecchina, dopo aver accettato l'invito, con sua madre aveva vuotato il cassone.

«Quante belle cose! Non sapevo...»

«Questo vestito di tulle azzurro mi sembra possa andare» le aveva suggerito sua madre.

La giovane, dopo averlo ben guardato, aveva continuato a cercare e aveva trovato un cappello e una mascherina dorata. «Ho deciso: mi vestirò da fata! Voi cosa dite? Ci vorrebbe anche la bacchetta!»

«Non è un problema, ne faremo una con i tuoi bei fili di seta» aveva affermato sua madre con insolito entusiasmo, e sembrava che la tosse all'improvviso fosse scomparsa.

Il giorno della festa era arrivato e Cecchina, aiutata da sua madre, si era travestita.

Emozionata, era scesa nella calle dove, ad aspettarla, c'erano Marco con un suo amico e le due ragazzine. Erano mascherati come tutti i veneziani, quel giorno.

Lei era davvero molto bella. Una nuvola azzurra con sprazzi di luce dorata. Tutti erano rimasti senza parole.

«Sembri davvero una fata!» aveva esclamato Marco.

Ben si poteva cogliere la sincerità del suo complimento.

E una ragazza, scherzando: «Cecchina, con la bacchetta fai la magia, portaci a una festa *granda*... in una bella Ca'!».

Con risa e burle erano arrivati in Campo San Moisè, dove erano stati travolti da una moltitudine festosa e colorata. Cecchina era incantata. Non aveva mai sentito vociare, cantare e ridere come in quel pomeriggio di festa.

Davanti a un teatrino di burattini, adulti e bambini, attenti, seguivano una storia di intrighi spaventosi e allegri paradossi, e alla fine tutto si era ben risolto: il *buono* aveva vinto e il *cattivo* era stato punito! Tutti, con sollievo, esultanti, avevano applaudito.

Un bambino continuava a piangere fra le braccia di sua madre, spaventato da tante persone camuffate in modo strano, curioso, originale. Qualcuno aveva davvero un aspetto terrificante.

Venivano lanciati coriandoli e confetti.

Alcune donne, travestite da ostesse, offrivano bicchieri di vino e frittelle. Altre ostentavano le loro bellezze con moine, maliziosi stratagemmi e offrivano qualcosa di più allettante.

Ovunque c'era musica.

Cecchina e suoi compagni si erano uniti a un gruppo che in cerchio accompagnava col ritmato battere delle mani le vertiginose piroette di due esperti ballerini che, veloci come trottole, si esibivano in una frenetica *furlana*.

Marco, che voleva esibirsi, non aveva resistito e si era unito ai due giovani dicendo: «Adesso vi faccio vedere io».

Cecchina, stupita, lo guardava. Non avrebbe mai pensato che riuscisse a ballare in modo così sicuro e spedito.

Dopo una pausa, la musica era cambiata.

Alle note di un minuetto, giovani e anziani non avevano rinunciato a due passi di danza e anche Cecchina e gli altri ragazzi avevano aderito all'euforia collettiva. Lei non aveva mai ballato in pubblico, ma dopo il «Sei bravissima» dei compagni i suoi timori erano spariti.

Il tempo era trascorso e improvvisamente si era fatto buio. Una fitta nebbia era salita dai canali e i confini del campo erano sfocati, indefiniti, irriconoscibili.

Sullo sfondo, la sagoma della grande chiesa incombeva come un gigantesco galeone, un mostro emerso dalle acque. La candida pietra non risplendeva più. Le sibille, le colonne e il fastoso addobbo di abbondanti ghirlande erano illeggibili. Il campanile era scomparso.

«È tardi, devo tornare a casa» aveva affermato Cecchina.

«Aspettiamo… è presto» aveva obiettato una ragazza.

«Sì, aspettiamo ancora un po'» avevano ripetuto gli altri.

«No, io vado… Si è fatto davvero tardi… È già buio!» Cecchina non si era mai divertita tanto, ma con tono preoccupato aveva spiegato: «Mia madre non sta bene».

«Aspetta, ti accompagno io» le aveva proposto Marco.

Vestito da Arlecchino, aveva preso sottobraccio Cecchina e, facendole strada fra la gente che continuava a divertirsi e a ballare, la stava conducendo verso casa.

«Cecchina, oggi sei ancor più bella» le aveva sussurrato.

La poca luce e la rigida maschera di cuoio impedivano alla ragazza di notare che l'espressione del giovane amico non era quella abituale, affabile, sorridente che lei ben conosceva. Era serio, pensoso, concentrato.

Cecchina, tranquilla, si lasciava condurre. «Sei sempre il solito, ti diverti a prendermi in giro» aveva risposto.

Marco le aveva lasciato l'avambraccio e, cingendole la vita, le aveva sussurrato all'orecchio: «Dico sul serio… Sei la *putta* più bella … la più bella del Carnevale». Poi aveva ripreso a camminare.

Cecchina non era molto attratta da Marco, tuttavia sentire quelle parole che nessuno le aveva mai rivolto le aveva procurato una certa emozione.

Con tono fermo, Marco aveva continuato: «Non sto scherzando… Mi piace tutto di te». E la guardava.

Lei non aveva potuto cogliere dalle fessure della maschera il lampo del bieco desiderio che era apparso nei suoi occhi. Si lasciava guidare. Leggermente frastornata dalla confusione del pomeriggio e stupita dalle inaspettate parole del giovane, sul momento, non si era accorta che Marco aveva svoltato a destra per imboccare calle del Squero.

«Ma dove stiamo andando?» gli aveva chiesto sorpresa Cecchina, quando se ne era resa conto. «Non ricordi più la strada per tornare a casa?»

Marco non aveva risposto. Dopo aver spinto l'amica contro un muro, si era tolto la maschera, bruscamente le aveva strappato la sua e con forza aveva cercato di baciarla.

«Sei impazzito? Lasciami… Mi fai male… Cosa ti salta in mente? Soffoco» implorava Cecchina con un filo di voce. Marco, eccitato, continuava a tentare di baciarla.

Lei sentiva mancarle il respiro. «Lasciami andare! Smettila!» Ma più lei si divincolava, più lui la stringeva.

Continuava ad abbracciarla, le toccava il seno e poi, preso da un folle incontenibile desiderio, aveva iniziato con una mano ad alzarle la sottana. Cecchina era sconvolta.

Non riusciva a liberarsi, non riusciva a scappare. Angosciata si era guardata intorno… Purtroppo in quel momento non passava nessuno.

Marco non si fermava, seguitava insidioso a toccarla.

Cecchina non sapeva cosa fare. Era terrorizzata, sembrava le mancassero le forze.

In un batter d'occhio tutto era stato stravolto.

Si sentiva come una povera bestiola risucchiata dalle sabbie mobili. No, non poteva farcela.

A un certo punto, quando pensava che quell'incubo non sarebbe finito, le era sopraggiunta una forza che non credeva di possedere e aveva sferrato al suo aggressore una potente ginocchiata nel suo punto più vulnerabile.

Di colpo lui si era fermato e l'aveva lasciata.

Mentre si contorceva dal dolore, con rabbia aveva gridato: «Chi credi di essere? Sei come tutte le altre! Voi donne siete tutte uguali!».

4

Cecchina, quasi incredula, dopo aver compreso di essere libera, aveva focalizzato il luogo dove si trovava e in quale direzione dirigersi per ritornare a casa.

Un attimo di sconcerto e, alzato l'orlo della sottana con una mano per non inciampare, si era messa a correre terrorizzata. Temeva che Marco la inseguisse.

Le lacrime e la rabbia le offuscavano la vista.

Non vedeva nulla e nessuno. Non sentiva suoni o rumori.

Teneva la testa bassa, guardava solo il selciato e veloce stava dirigendosi a calle de le Ostreghe.

«Cosa mi doveva capitare… Che mascalzone! Non avrei mai pensato… È proprio un delinquente» articolava piangendo.

Non voleva incontrare lo sguardo di nessuno. Le sembrava che gli altri potessero leggere sul suo viso la cosa terribile che le era successa.

Provava vergogna come avesse commesso una grave colpa.

«Ehi! Attenta! Guardate dove andate!» All'improvviso una voce maschile, profonda, sicura, accompagnata da una forte presa alle spalle aveva bruscamente fermato la fuga della povera ragazza.

«Cosa è successo?» aveva chiesto l'uomo che le stava di fronte. «Perché scappate? Dove state andando? Ma voi piangete!»

Cecchina, imbarazzata, sconvolta, non si raccapezzava. Voleva rispondere: «Voi chi siete? Cosa volete?». Ma dalle sue labbra, sigillate dalla paura, non era uscito nessun suono, non una sillaba. Non riusciva a parlare.

L'uomo aveva guardato intorno e, anche se in giro non c'era nessuno, aveva subito intuito cosa potesse essere capitato alla giovane. «Tranquilla, qui non c'è nessuno che possa farvi del male… Tenete, soffiatevi il naso e asciugate queste lacrime» le aveva detto rassicurandola, mentre premuroso le allungava un fazzoletto.

Cecchina, impacciata e provando vergogna, aveva alzato gli occhi. L'uomo, travestito da *Pantalón*, si era tolto la maschera e si era presentato: «Sono Zuliàn, non temete. La mia bottega è in Campo San Fantin… stoffe e filati». Dopo aver notato l'imbarazzo della giovane, l'uomo non aveva più fatto domande. «Non preoccupatevi, venite, vi accompagno… Non temete, ci penso io… Ora ci sono io!»

Le aveva messo un braccio intorno alle spalle e, come un vecchio amico, aveva voluto accompagnarla a casa.

Le aveva chiesto: «Come vi chiamate? Potete dirmelo».

Cecchina gli aveva detto il suo nome, ma non aveva raccontato l'accaduto e con ostilità aveva pensato: "Dovrà passarne di acqua sotto i ponti prima che io cada di nuovo in una trappola come uno stupido topo".

Zuliàn aveva lasciato Cecchina davanti alla porta e le aveva proposto: «Se volete, posso accompagnarvi a teatro, a sentir musica… Potreste conoscere nuove persone».

Cecchina, rientrata, aveva taciuto l'accaduto a sua madre che, per fortuna, stava dormendo. Non voleva preoccuparla.

Velocemente aveva rimesso vestito e cappello nel baule; bacchetta e maschera, invece, li aveva persi nel brutto frangente.

Disgustata, prima di addormentarsi aveva pensato a Marco. Era piena di rancore. "Non avrei mai immaginato tanto… Spero di non rivederlo mai più… Non voglio più uscire…".

Poi aveva pensato: "Per fortuna è arrivato quel signor Zuliàn… Davvero un galantuomo… anche bel signore… ben vestito, gentile…".

"Chissà come saranno belli i teatri" si domandava ingenuamente. "Mi piacerebbe andarci… ma con chi? Certo non con uno come Marco… Ci saranno delle bellissime signore… eleganti… profumate, con tanti gioielli… Io non potrò mai andarci…"

Sua madre era stata colta da un forte accesso di tosse e Cecchina, costretta a interrompere i suoi controversi pensieri, premurosa, le aveva preparato una calda bevanda.

Per diversi giorni, dovendo assistere sua madre, non era uscita. Un mattino, mentre stava rientrando, dopo essere andata dallo speziale, si era sentita chiamare.

«Cecchina, aspettami!»

Lei si era girata e aveva visto Marco che, a passo spedito, cercava di raggiungerla. Il sangue le era salito alla testa. Presa da una forte collera e anche da tanta paura, si era messa a correre.

Lui l'aveva raggiunta e l'aveva fermata prendendole un braccio. Era pallido e, guardandola negli occhi, stava per dirle qualcosa, ma lei lo aveva investito con parole di fuoco.

«Sei un delinquente! Sei stato fortunato perché non sono andata a denunciarti, altrimenti sai dove saresti a quest'ora? Ai Piombi! Non farti mai più rivedere, perché non la passerai più liscia! Quando mi vedi, cambia calle… Scappa! Lo sai che Venezia protegge le sue *putte* per bene e punisce i mascalzoni come te… Sparisci!»

Marco era riuscito a dire una sola parola: «Perdonami».

A testa bassa, mogio, come un cane bastonato costretto a tenere la coda fra le gambe, era tornato sui suoi passi.

Cecchina non ebbe più occasione d'incontrarlo.

5

Sua madre di salute stava meglio, ma non era guarita, aveva sempre la tosse. Cecchina era molto preoccupata e, per non lasciarla sola, trascorreva lunghe giornate accanto al suo letto a fare merletti.

Mentre faceva roteare con abilità i fuselli, pensava ancora a come dovevano essere belli i teatri. "A Venezia ci ne sono tanti… e io non ci sono mai andata… La musica… le commedie… Tutti parlano di Goldoni… Gozzi… Vivaldi e le *putte*…"

Un giorno aveva deciso di andare alla bottega di Zuliàn.

Con il pretesto di restituirgli il fazzoletto, di ringraziarlo per l'aiuto e di domandargli se fra la sua mercanzia avesse matassine di cordonetto e *filzuòle* di seta per merletto, era andata in Campo San Fantin.

Si era ben pettinata, profumata, aveva controllato le mani e calzato un paio di scarpe con una grossa fibbia.

A passo svelto aveva superato Campo San Moisè e con molta emozione era entrata nella bottega.

Zuliàn stava sistemando un rotolo di damascato su uno scaffale e, avendola riconosciuta, le era andato incontro sorridendo. «Cecchina! Venite! Che piacere rivedervi.»

Lei ringraziandolo gli aveva ridato il fazzoletto e gli aveva chiesto se avesse anche fili per fare merletti.

«Certo,» le aveva risposto «ma prima voglio farvi vedere la bottega… Visto che il garzone è fuori per consegne, mio figlio è al fondaco e non ci sono clienti, vi mostro tutta la merce.» E aveva iniziato dai rotoli delle stoffe.

Cecchina, attenta, seguiva le parole di Zuliàn. «Questo è damasco di pura seta. Viene dal Levante… E questa, appena arrivata da Gand, è fiandra per tovaglie… In tutto questo scaffale c'è solo lino irlandese, mentre qui c'è la lana… panni di lana del Tirolo… E questo con i colori così brillanti è il famoso casentino… Bello, vero?» Poi, aprendo i diversi cassetti: «Qui sono sistemate le *filzuòle* per i merletti… Come vedete sono divise per colore e tonalità».

Cecchina di filo se ne intendeva e pensava: "Non ne ho mai visto tanto… Altro che il laboratorio delle monache!".

Gli scaffali arrivavano al soffitto ed era necessaria una leggera scala per arrivare ai tessuti più in alto. A una parete erano fissati dei robusti pioli sui quali erano posati cordoni di seta con grossi fiocchi. «Sono per le tende delle finestre dei nostri bei palazzi» aveva specificato Zuliàn seguendo lo sguardo di Cecchina.

Lei non aveva resistito e li aveva toccati per riprovare il caldo e delicato piacere che ben conosceva.

Zuliàn le aveva dato il filo e, mentre incartava uno scampolo di seta blu, dicendo «Questo è un mio regalo: potete farci una bella sottana», era entrato Vidàl, un mercante appena ritornato da Ragusa con un carico di olio e vino.

Il giovane, dopo un «Salute a tutti», aveva fissato Cecchina e con tono interessato aveva chiesto: «Ditemi, chi è questa giovane? Mi pare di non averla mai vista!».

Zuliàn aveva risposto: «Lei è Cecchina, è una merlettaia molto brava e come potete ben vedere è anche molto bella».

Vidàl, non staccando gli occhi da Cecchina, con curiosità le aveva fatto alcune domande e, saputo che non era mai stata in un teatro, aveva suggerito all'amico: «Dobbiamo accompagnarla! Proprio in questi giorni recitano *L'amore delle tre melarance*». Con entusiasmo poi si era rivolto alla ragazza: «Mia cara, accettate l'invito: non ve ne pentirete!».

Il cuore di Cecchina batteva forte, guardava Vidàl e pensava: "Andare a teatro è il mio sogno". Ma non sapeva cosa rispondere. Era una proposta davvero inaspettata.

Zuliàn era venuto in suo aiuto. «Vidàl ha ragione, una *putta* veneziana non può non essere mai stata a teatro… Giovedì potremmo andare insieme al San Luca».

Cecchina non era riuscita a rifiutare.

Veloce, leggera, sorridente e con una gran voglia di cantare, a passo svelto, quasi di corsa, era rientrata a casa. Appena richiuso l'uscio, eccitata, aveva comunicato la bella notizia: «Mamma, giovedì posso andare al San Luca? Sono così contenta! Mi hanno invitata! Non ditemi di no... ho anche la seta per farmi una sottana nuova!».

Dopo entusiasmanti preparativi il giovedì sera era finalmente arrivato. Toccava il cielo con un dito.

«Finalmente vado a teatro... *L'amore delle tre melarance*... Chissà come sarà? Mamma, guardate, sto bene vestita così?»

Al fianco di Zuliàn si sentiva una donna importante.

Le luci ai lati del portone e dell'atrio del teatro si riflettevano sui gioielli e sulle sete delle dame e illuminavano tutto il campo gremito di persone eleganti.

Cecchina era agitata, timorosa e si sentiva osservata. Era impaziente. "Che storia sarà?" si chiedeva ansiosa.

Si era guardata al grande specchio del foyer e Zuliàn l'aveva rassicurata: «Siete bellissima».

Si erano poi uniti a Vidàl che, mentre le porgeva un piccolo bouquet, le aveva sussurrato: «Siete la *putta* più graziosa del teatro».

Una serata straordinaria.

6

Tutte le luci accese, la platea e i palchi affollati, *baùtte*, sorrisi, riverenze, cappelli che si abbassavano, parole bisbigliate dietro i ventagli… un gran brusio.

Il sipario si era aperto accompagnato da un applauso e in un sacrale silenzio lo spettacolo era iniziato.

Cecchina, coinvolta dalla bravura degli attori e dalla trama della storia, non si era accorta che Vidàl osservava con attenzione e profondo interesse ogni suo gesto.

Finito lo spettacolo, con il teatro alle loro spalle, lontano, negli occhi di Cecchina sprizzava ancora gioia. «È stato fantastico! Non sono mai stata in un posto così bello! E che attori!» ripeteva ai suoi cavalieri.

«Siete contenta, vero?» le aveva chiesto Vidàl. «Gozzi è davvero bravo.» E, prima di lasciarla, aveva affermato: «Vi prometto che andremo ancora a teatro… Giusto, Zuliàn?».

Cecchina con entusiasmo aveva descritto a sua madre la serata e raccontato la favola.

Vidàl aveva mantenuto la promessa e dopo pochi giorni le aveva domandato: «Stasera venite con noi a sentire musica di Vivaldi al San Crisostomo? Sono certo che vi piacerà».

Una sera erano soli e Vidàl le aveva fatto una proposta. «Fra tre mesi ripartirò e noi dovremmo approfittare di questo tempo per conoscerci e godere la nostra Venezia…»

Lui era sempre gentile, premuroso, le faceva regali, le aveva donato anche un costoso scaldamani di pelliccia. Cecchina non era riuscita a resistere a tanta galanteria e lentamente si era innamorata dell'affettuoso Vidàl.

Quasi ogni sera una festa, uno spettacolo, buona musica, incontri con persone eleganti, che amavano la vita… Lei non era mai stata tanto felice.

Amava Vidàl!

E quella sera, una sera straordinaria, non aveva saputo resistere al suo innamorato, più amoroso del solito. Aveva ceduto alle dolci sue richieste, alla sua promessa che al rientro dal suo lungo viaggio l'avrebbe sposata.

«Devo lasciare Venezia fra una settimana e resterò lontano per tanto tempo, ma vi scriverò ogni sera. Le mie lettere vi diranno quanto vi amo… Pensatemi, io lo farò ogni giorno… Non ci sarà mai nessun'altra… Siete l'unica donna della mia vita… Vi amo…» le ripeteva con ardore mentre lei si abbandonava fra le sue braccia. E, poi, le sue ultime parole: «Quando tornerò, ci sposeremo».

La tartana usciva dal porto, ma le lacrime impedivano alla giovane di vederla mentre si allontanava.

Zuliàn aveva seguito l'innamoramento di Cecchina e aveva cercato di proteggerla, di metterla in guardia: «Attenta, lui è un uomo di mare, un mercante… Non fidatevi troppo».

«Non approfittate di questa ragazza, lei vi vuole bene» aveva raccomandato serio al giovane. «È una brava *putta*.»

Vidàl, come aveva promesso, le scriveva tutte le sere.

Ogni giorno, di buon mattino, Cecchina, trepidante e speranzosa, andava all'ufficio della Posta Marittima.

A volte informava Zuliàn. «Ho ricevuto queste da Vidàl, sta bene e vi saluta.» E, sorridente, mostrava le lettere.

Erano passati più di tre mesi e Cecchina avvertiva le parole che riceveva meno amorose, meno ardenti delle prime. Come un'ape a distanza sente il profumo di un fiore, anche se non riesce a vederlo, così Cecchina pur essendo lontana avvertiva un odore che non le piaceva e si era insospettita. La salute di sua madre era peggiorata e lei, preoccupata, aveva dovuto sorvolare.

Zuliàn le era stato molto vicino e aveva mandato il suo dottore a visitare l'ammalata, ma la polmonite si era aggravata e non aveva dato scampo alla povera donna che, delirante, era morta di tosse e con febbre altissima.

Cecchina era rimasta sola e le lettere di Vidàl erano sempre meno frequenti. Se non avesse avuto il conforto e l'aiuto di Zuliàn non sarebbe riuscita a risollevarsi.

Dopo averle offerto di fare merletti per la sua bottega, Zuliàn le aveva ceduto uno spazio dove lei avrebbe potuto insegnare la sua arte a qualche giovane apprendista.

Quel nuovo impegno aveva dato sollievo al dolore per il grave lutto e attutito la delusione che la giovane provava per le ormai rarissime lettere che Vidàl le spediva.

L'ultima non era neanche riuscita a leggerla tutta.

Tenendola stretta fra le dita si era precipitata, piangendo, alla vicina bottega di Zuliàn.

«Sentite cosa dice quel furfante di Vidàl! "Mi dovete perdonare, ma credo che non ritornerò a Venezia. Mi sono sistemato qui a Rodi e voi potete sentirvi libera di formarvi una famiglia. Troverete certamente un uomo che saprà amarvi più di quanto vi ho amato io..." Ma sentite questo... Non riesco nemmeno a finirla... Prendete, leggete... Anzi no, sapete cosa faccio? La strappo... Meglio, la brucio!»

L'uomo non aveva ancora afferrato il senso di quelle parole che la lettera era già stata ridotta a pezzettini e gettata nella stufa dalle mani tremolanti di Cecchina.

La giovane si era gettata fra le sue braccia e fra i singhiozzi balbettava: «Vidàl è un vero furfante: avevate ragione voi... Invece io mi sono fidata... Pensate, diceva di volermi sposare... Adesso è finita, è finito tutto!».

Zuliàn aveva stretto fra le sue forti braccia quella fragile ragazza e, accarezzandole commosso la testa, le aveva sussurrato: «Non piangete, non ne vale la pena. Siete così giovane, così bella... La vita non finisce per colpa di Vidàl, credetemi».

Se si fosse lasciato trasportare dal sentimento che provava l'avrebbe baciata con tenerezza.

Cecchina, come le aveva suggerito il suo caro amico, non aveva risposto a Vidàl e, dopo tanto piangere e tanta tristezza, aveva ripreso lentamente la sua vita.

La scuola di merletto la occupava molto. Le richieste di pizzi aumentavano e con esse anche le gratificazioni.

Zuliàn più di una volta le aveva suggerito di distrarsi. «Dovete uscire. Se volete andare a un concerto o a teatro, vi accompagno volentieri… A me farebbe davvero piacere… Datemi retta, non dovete solo lavorare e chiudervi fra quattro muri come una monaca di clausura!»

Cecchina ascoltava quelle parole, meditava su quei consigli, ma era titubante.

Timorosa di commettere altri sbagli, continuava la sua vita fra casa e lavoro.

Zuliàn si era sposato giovanissimo con Tonia, la figlia di un amico di suo padre, un mercante di Padova che, non avendo avuto eredi maschi, aveva cresciuto le tre figlie nella bottega. Sua preoccupazione non era stata formare delle donne colte, eleganti, dai modi sofisticati, amanti del bello e del mondo, ma donne devote, dedite alla famiglia e delle abili ed esperte commercianti.

Da novello sposo aveva cercato di iniziare Tonia a stimare le cose di buon gusto, a frequentare le feste, i concerti e i teatri di Venezia.

Purtroppo i suoi tentativi erano stati inutili.

Lui, da vero figlio della Serenissima, non per questo si era chiuso fra le mura domestiche e, come la maggioranza dei veneziani, non aveva rinunciato al teatro, al gioco, alle feste e… a incontrare altre donne.

Aveva avuto quattro figli, due femmine e due maschi.

La maggiore si era sposata con un padovano, un ricco proprietario di terreni; la seconda era monaca a Venezia presso il convento di Santa Maria dei Miracoli; Antonio, il figlio maggiore, continuava l'attività di famiglia. Era un mercante abile come sua madre, sapeva portare a buon fine ogni trattativa che intraprendeva e, come il padre, non si negava ai piaceri della vita veneziana.

L'altro figlio, Marco, era abate dell'ordine dei Somaschi a Murano, presso la chiesa patriarcale di San Cipriano, e la sua carriera ecclesiastica era solo agli inizi.

«Un figlio abate in famiglia è una doppia benedizione» aveva confidato una sera a Cecchina «e una figlia monaca è una consolazione, una grazia per tutto il Bene che ci permette di fare… Due figli che pregano ogni giorno per la famiglia: non avrei potuto avere di più!» Mentre parlava dei suoi figli,

Zuliàn si era teneramente commosso. «Ho dei bravi figlioli, ho già vissuto tanti anni, ma io con voi mi sento bene...» le dichiarava spesso.

Aveva avuto delle avventure e ora, uomo maturo, era felice di aver conosciuto quella giovane piena di vita, bella, sensibile e desiderosa di apprendere.

Capiva che Cecchina era bisognosa di protezione, di affetto e la convinzione di poterle dare tutto questo lo rendeva orgoglioso. Si sentiva importante e colmo di vitalità.

Nessuna donna gli aveva mai suscitato tanto entusiasmo.

Dopo aver insistito, era riuscito a convincerla ad accompagnarlo a un concerto.

A quella sera, ne erano seguite altre, e vederli insieme a teatro o al casino, dove lui si recava per qualche puntata al faraone, era considerato dagli amici quasi normale.

Una sera, dopo aver assistito alla recita de *La vedova scaltra* di Goldoni, Zuliàn aveva potuto trattenersi in casa di Cecchina oltre il solito orario perché Tonia, sua moglie, era rimasta a Padova dalla figlia.

I due, stretti l'un l'altra su un divanetto, spensierati come due ragazzini, ironizzavano divertiti sui personaggi dello spettacolo. Lei, presa da una irrefrenabile risata, si era istintivamente rifugiata fra le braccia di lui e aveva appoggiato la testa sul suo vigoroso petto.

Lui l'aveva abbracciata e spontaneamente l'aveva baciata.

Cecchina non aveva opposto resistenza.

Preso da un irresistibile desiderio, Zuliàn aveva continuato a baciarla e con tenerezza le aveva slacciato il corpetto, ma non era andato oltre. Guardava la giovane con intensità e lei, come sospesa, ricambiava lo sguardo.

Si era alzato e, presi cappello e mantello, aveva detto, baciandola sulla guancia: «È bene che io vada a casa».

Cecchina lo aveva accompagnato alla porta in silenzio e pensosa era andata a letto. Però il sonno non arrivava. Dopo essersi girata e rigirata si era alzata ed era andata alla finestra.

Fuori non si vedeva nessuno.

La luna, riflettendosi nel canale, illuminava case e comignoli. Tutte le porte e le finestre erano chiuse. Nel grande silenzio, sul tetto di un vicino palazzo, un gatto triste languidamente invocava la sua innamorata.

Lei rifletteva e pensava a Zuliàn.

Sapeva che il loro era un rapporto particolare, che non avrebbe potuto dare frutti, ma le sembrava impensabile, assurdo, inconcepibile rinunciare alla persona a lei più cara.

"Zuliàn è affettuoso, sincero, sempre premuroso… Mai nessuno si è comportato così! Al mattino non vedo l'ora di andare alla bottega e appena lo vedo io sono contenta… Le sue parole mi danno sempre sicurezza".

Era tornata a letto pensando: "Non posso respingerlo".

Finalmente il sonno era arrivato.

E il gatto, raggiunto dalla sua amata, miagolava felice.

Al mattino, abbigliata come andasse a una festa, si era avviata a Campo San Fantin. Il cuore le batteva forte.

Zuliàn, lasciata Cecchina, aveva attraversato calle de le Ostreghe, ma non si era diretto alla sua casa.

Aveva bisogno di camminare. Aveva bisogno di pensare.

Quello che era successo lo aveva reso inquieto. Dubbioso.

Quanto era stato piacevole quel bacio! Baciarla, accarezzarla, gli aveva restituito il desiderio, l'euforia che pensava si provasse solo a vent'anni.

Non si era mai sentito così bene come quella sera!

Procedeva per le calli lentamente.

In giro non c'era nessuno.

Dentro a un'osteria, ormai chiusa, un uomo e una ragazza sistemavano panche e tavoli e di tanto in tanto il loro parlare sommesso era interrotto da una volgare risata.

Girovagando era arrivato a Campo San Moisè.

Sul ponte aveva visto che, al ritmato beccheggio, due gondole dondolavano, ninnavano come bambini fra le braccia della mamma. Erano forse in attesa di cullare l'indomani una romantica coppia?

"Come vorrei essere dietro quelle tendine con Cecchina!"

Camminando ancora e superato il porticato, si apriva l'incantevole piazza San Marco.

La luna illuminava la basilica mettendola in rilievo sullo sfondo scuro della notte come in una scena di teatro.

L'oro dei mosaici la trasformava e agli occhi di Zuliàn era una ingioiellata regina orientale che sulla testa reggeva una splendida, magnifica e originale corona.

Affascinante. Misteriosa.

Sempre davanti a quella meraviglia lui si stupiva.

La piazza, nel suo splendore, aveva portato Zuliàn a riflettere sulla grandezza e sull'imponderabilità del Creato. Non pensava più alla vita quotidiana, al mercato, ai guadagni, ma ai momenti di estasi che la vita sa donare.

"Cecchina fa parte del bello che la vita mi sta offrendo e io non posso rinunciarvi. È... è un frammento del Creato..."

Non aveva mai avuto pensieri così poetici, profondi; non era mai stato preso dal sentimento come quella sera.

"Se qui al mio fianco ci fosse Cecchina!"

Colto da un brivido, aveva avvertito freddo ed era ritornato alla realtà. "Che ore saranno?" si era chiesto.

Da un campanile un tocco.

"Devo tornare, è tardi... Domattina devo aprir bottega..."

Allacciato il soprabito e alzato il bavero con passo svelto si era avviato verso casa.

In un buio *sotoportego* aveva urtato contro due amanti appoggiati allo stipite della porta, ma loro indisturbati non avevano interrotto l'impaziente rapporto prezzolato.

Zuliàn era arrivato a casa e le sue perplessità si erano sciolte. "Se Cecchina lo vorrà, io sarò felice di restare con lei... Non vedo l'ora di vederla, di riabbracciarla."

Il mattino seguente, dopo essersi ben agghindato, si era avviato al Campo Fantin, per raggiungere il suo negozio.

Era esitante come quando, per la prima volta, aveva incontrato una sua amichetta in Campo Santo Stefano e le aveva portato due confetti rubati a sua madre. Erano trascorsi tanti anni, ma l'emozione era la stessa.

In attesa che Cecchina entrasse, si era guardato allo specchio del retrobottega, aveva sistemato il gilet e una ciocca. Dal bancone guardava la porta. "Eccola!"

La giovane era entrata col suo delicato profumo, gli si era avvicinata timidamente e sorridendo e sospirando gli aveva sussurrato: «Non vedevo l'ora di rivedervi». Poi aveva accostato le sue labbra a quelle dell'amato.

Lui, aveva sì ben sperato, ma non si aspettava tanto e, superato ogni indugio, ogni timore, l'aveva attratta sé e, baciandola con passione, aveva detto: «Finalmente siete qui».

Descrivere la contentezza dei due amanti sarebbe impossibile.

Quella sera, dopo aver cenato insieme a casa di Cecchina, smaniosi, si erano ritrovati abbracciati nel letto. Una notte d'amore che li aveva pienamente appagati e li univa in modo indissolubile senza bisogno di promesse.

Dopo quella notte, il loro rapporto non era più stato messo in discussione da nessuno dei due.

Cecchina aveva corrisposto l'amore di Zuliàn. A lui si sentiva profondamente legata. Era tutto il suo mondo. Senza quell'amore non avrebbe potuto vivere.

E Zuliàn non riusciva a pensare di vivere senza Cecchina.

Quella notte in calle de le Ostreghe era stata la prima delle tante che avevano trascorso insieme.

La loro relazione si era consolidata e, nel vederli, nessuno si scandalizzava. A Venezia le coppie come loro erano tante.

Appena era loro possibile, trascorrevano momenti di svago insieme. E il giovedì pomeriggio a volte frequentavano il casino.

9

Mentre Zuliàn stava giocando e nel ridotto era entrato quel giovane con *baùtta*, Norina, con enfasi, stava ricordando l'incredibile vicenda accaduta tempo prima a Venezia.

«*Mes amis… écoutez moi…* ancora oggi ho sentito parlare di Casanova fuggito dai Piombi! *Il a été stupéfiant!*»

Ed era così entusiasta di parlarne coi suoi amici che non aveva prestato la minima attenzione al giovanotto che aveva, invece, distratto Lucietta la quale lo aveva seguito con interesse, sebbene fosse un po' corrucciata perché non era riuscita a vederlo in viso.

«Non riesco a spiegarmelo: come ci sarà riuscito?» aveva chiesto Giacometto con la sua voce particolarmente acuta.

«Casanova, si sa, una ne pensa e cento ne fa… C'era forse di mezzo una donna?» aveva ironizzato, sorridendo, Cecchina.

«Credetemi, riusciva a comporre odi e sonetti in un batter d'occhio… Non solo in italiano, ma in latino, in francese! Ha imparato a leggere il greco sin da bambino… da solo!» aveva affermato Giacometto. E, dopo un attimo, aveva ripreso: «Una sera, la festa era ormai finita, lui si è assentato per pochi minuti e, rientrato, ha consegnato un foglio alla padrona di casa dicendo: "*C'est pour vous*". La signora ha letto ad alta voce un bel sonetto in rima, con citazioni latine… Tutti hanno applaudito… È davvero un gran poeta».

«Io non l'ho mai conosciuto né incontrato…» aveva affermato Norina, e sottovoce aveva specificato «*malheureusement… J'envie vous…* Come avrei voluto sentirlo… uno che conosce il latino, il greco e parla tante altre lingue, e oltre tutto questo ha viaggiato in *le monde entier!*»

«Ha la fama di essere un libertino! Non ha nascosto di aver avuto rapporti con due monache… in un monastero! Davvero uno sfrontato, un senza timor di Dio!» Cecchina aveva continuato sottolineando: «Ha sempre goduto di alte protezioni: di Grimani, di Bragadin e di altri...».

«Però teniamo presente che a Costantinopoli, tramite il conte Bonneval, ora convertito e conosciuto col nome Osman, pascià di Caramania, avrebbe potuto sposare la figlia di un ricco e potente ottomano e diventarne l'unico erede ma, all'apostasia, lui ha preferito restare cristiano... peccatore, ma figlio della nostra Santa Madre Chiesa!»

Lucietta continuava a pensare al giovane che credeva di avere già visto e a cosa fare per poterlo conoscere.

«Corre voce che Casanova abbia guadagnato molti zecchini come alchimista... Pensate quale potere! Trasformare del volgare metallo in prezioso oro...» aveva sospirato Norina.

«È ancora solo un sogno... Però, a Napoli, ha guadagnato un sacco di carlini facendo triplicare il volume del mercurio a un mercante» aveva ricordato Giacometto.

«Peccato che le sue fortune le abbia perse al faraone... che un uomo con tali talenti, che ha frequentato persone tanto importanti e i sapienti del mondo non abbia saputo resistere al gioco. Inspiegabile...» aveva sottolineato Cecchina.

«È cresciuto senza genitori... Forse per questo non si è mai legato a qualcuno, ha seguito il suo istinto... come chi vuole sfidare la sorte» aveva considerato Norina.

«C'è chi parla di scandali, di adulteri... ma voi sapete il motivo della sua condanna?» aveva chiesto Cecchina.

Il ben informato Giacometto aveva dichiarato con tono solenne: «I motivi sono tanti, ma "il disprezzo pubblico della religione" è quello ufficiale della sentenza che lo ha condannato a cinque anni ai Piombi». E, dopo un attimo, con mezzo sorriso: «È proprio vero: la volpe, anche la più astuta, prima o poi finisce in pellicceria!».

Alla breve risata collettiva Norina aveva aggiunto: «*Est la vérité*, però Casanova dai Piombi è riuscito a fuggire!».

«E dove si è rifugiato?» avevano ironizzato ridendo.

«Che domanda! Dove, se non a Parigi… Spero un giorno di andarci anch'io» aveva ammesso con sincerità Giacometto.

«*Mon ami*, ve lo auguro… Sarà un'esperienza *inoubliable*… Io e Tomà studiamo il francese perché vogliamo andare a *Paris… la ville lumière*! *Tout le nouveau arrive de Paris*! Non vedo l'ora di partire» aveva sospirato Norina. Poi si era rivolta a Lucietta: «E voi, *ma chérie*, non dite nulla?».

«Ero distratta, pensavo a cosa starà succedendo al banco» aveva risposto, colta di sorpresa dalla domanda dell'amica. In effetti la sua mente era nella stanza del gioco e, a dire il vero, stava pensando al giovane con la *baùtta*.

Lucietta osservava il cappello che lo sconosciuto aveva appeso all'attaccapanni. "Un cappello da vero signore, di panno di lana, ornato di cordoncino di velluto, pulito, spazzolato… Sarà un mercante? Da dove arriverà? Sarà di passaggio? Vorrei sapere…" Pensava a questo quando, dal casino, era uscito un uomo, stravolto come può esserlo chi ha perso un patrimonio. Era stato tanto veloce che nessuno era riuscito a cogliere qualche particolare.

Nel ridotto si era fatto silenzio. Certo, non come quello che dovevano rispettare i giocatori dentro al casino.

10

Intorno al banco, protetti da *baùtta,* oltre a Zuliàn e al suo amico Tomà, c'erano due uomini abbigliati come chi vive in terraferma e non frequenta il casino: il giovane che aveva notato Lucietta e un ricco mercante di spezie.

Impassibile il volto del mazziere che teneva il banco. Era l'unico nella sala a non indossare la maschera.

Il giovane, dopo esser rimasto un po' a guardare e a ben considerare, aveva deciso di giocare. Aveva puntato sul sette di danari due zecchini e ne aveva vinti dieci.

Zuliàn e Tomà si erano guardati meravigliati.

Il fortunato non aveva manifestato la minima emozione e, senza esitare, aveva puntato di nuovo sulla stessa carta cinque zecchini, vincendone quindici.

Gli altri giocatori, apparentemente imperturbabili, abituati a vincere e a perdere, presi dalla speranza e dal desiderio della rivincita, avevano alzato la puntata.

Il mercante, preso dalla brama di sbaragliare il giovane, perché convinto fosse la prima volta che entrava in un casino, aveva deciso di giocare tutto il suo avere. "Sono sicuro. Darò una lezione a questo sbarbatello… Forse pensa di insegnarmi come si gioca a faraone, ma lui non conosce i trucchi… Crede di essere più astuto di me? Sono anni che io gioco." E aveva puntato tutto il suo denaro.

Impassibile, il giovane aveva fatto saltare il banco.

Il mercante, sbalordito e soprattutto furioso, era uscito senza guardare nessuno. Aveva un diavolo per capello. Nella sua borsa non era rimasto il becco di uno zecchino. Aveva un debito la cui cambiale scadeva l'indomani e che lui doveva nel modo più assoluto onorare. Non aveva scelta: doveva andare al ghetto e impegnare l'oro e l'argento che gli aveva lasciato suo padre.

Il giovane, dopo la vincita, era rientrato nel ridotto e, ripreso il cappello, sicuro e imperturbabile, era uscito.

Lucietta, appena lo aveva visto, aveva sperato si fermasse per un caffè, fare due *ciàcole*, ma aveva soltanto potuto seguirlo con lo sguardo sino alla sua uscita dal Campo.

Zuliàn e Tomà, rientrati nel ridotto, si erano uniti alle amiche e a Giacometto e sorridendo, con una certa ironia, avevano riferito come si era svolto il gioco.

Lucietta aveva chiesto: «Qualcuno conosce quel giovane?».

«No, non l'abbiamo mai visto» le avevano risposto.

Non aveva aggiunto domande. Non aveva con loro tanta confidenza. Aveva conosciuto Norina dalla contessa al concerto. Invece, era trascorso circa un anno da quando Cecchina aveva incontrato Tomà e Norina mentre andava a teatro con Zuliàn.

«Tomà! Qual buon vento! Da tempo non vi si vede in laguna. Come state?» così Zuliàn si era rivolto a un distinto e raffinato signore che reggeva un elegante bastone ed era accompagnato da una bellissima giovane. Cecchina aveva colto all'istante che la donna, oltre alla bellezza, possedeva un fascino particolare contro il quale era impossibile competere.

«Siamo appena rientrati da un viaggio… Siamo stanchi, ma non potevamo mancare al debutto della nuova commedia» aveva risposto Tomà senza distogliere lo sguardo, attento e di compiaciuta ammirazione, da Cecchina.

«*Enchanté* di fare la vostra conoscenza» aveva detto Norina con un controllato sorriso.

Dopo quella sera le due coppie si erano incontrate altre volte: erano andati a teatro, avevano partecipato a una festa di Carnevale…

Cecchina all'inizio della frequentazione aveva provato un certo disagio. Norina le suscitava una sensazione di insicurezza. Era bella, molto giovane, amava farsi notare e sembrava molto determinata. Aveva ambizioni. Gli uomini la ammiravano e lei temeva che Zuliàn non potesse restare insensibile all'energia che scaturiva dall'attenta, intelligente, spiritosa e bella Norina.

Tutti i suoi timori, però, si erano dissolti come la neve al sole d'aprile, quella sera a teatro.

Alla fine di uno spettacolo che rappresentava la vicenda di una ragazza rimasta orfana, Norina non era riuscita a trattenere il pianto. Cecchina, anche lei molto commossa dalla triste storia, le aveva messo un braccio sulle spalle e aveva cercato di confortarla: «È solo finzione, via non piangete». E così Norina, fra le lacrime, le aveva raccontato la sua solitudine e si era lasciata consolare, mentre Cecchina non era riuscita a trattenere la pena che custodiva e aveva raccontato della sua infanzia. Lacrime liberatorie avevano unito le due giovani donne e sigillato un rapporto di vera amicizia.

Non ci sarebbero stati momenti di tensioni o di sospetti, nessun'ombra avrebbe offuscato quel rapporto nato dalla loro simile condizione di sfortunate ragazze cresciute senza la rassicurante presenza dei genitori.

11

Norina non era molto alta ma, grazie alle sue forme e al suo *charme*, riusciva sempre a distinguersi dalle altre. Cosciente della sua capacità di ammaliare, usava ogni tattica per ricavare vantaggi ed era consapevole che i suoi francesismi la rendevano raffinata… *à la page*. Aveva poco più di vent'anni e la sua pelle leggermente color dell'ambra era morbida e vellutata. Le mani piccole, quasi da fanciulla, sapeva mostrarle con studiata naturalezza mentre accompagnava le parole con delicati e opportuni gesti.

All'indice della mano sinistra portava uno zaffiro montato su oro e sul dorso della destra aveva due piccoli nei, naturali, che tutte le invidiavano.

Era sorridente, spiritosa, a volte scontrosa e non sempre riusciva a trattenere una sonora risata.

Dopo le attraenti curve, si notavano i bellissimi occhi. Neri, luminosi, vivaci e maliziosi.

Vezzosa, sulla gota destra, appena sotto la mascherina, applicava un bel neo.

Quel giorno indossava un vestito di damasco cangiante, sui toni del bronzo e dell'oro, la cui lucentezza era ripresa dagli orecchini: due grosse avventurine a forma di mezza sfera.

Norina, da circa tre anni, era legata al nobile Tomà e ora viveva in un comodo appartamento di proprietà del caro amico dopo aver trascorso parte della sua vita con la nonna materna, Orsina, la *strologa*, tra rio Panàda e rio dei Mendicanti.

Orsina non era il diminutivo di Orsola, la santa da tutti venerata, ma di Orsa, il nome delle due importanti costellazioni. Un nome davvero insolito per una donna. Le era stato imposto da suo padre Josuff, uno *schiavone* scappato dall'isola di Curzola.

Josuff, un giovane onesto, coraggioso, un po' pirata, era orfano. Per aver vendicato Alek, il suo caro amico, da una prepotenza ottomana sarebbe stato preso e punito dai marinai turchi, se la sua agilità e la precisa e dettagliata conoscenza di ogni angolo della costa dell'isola non gli avessero permesso di restare nascosto in una grotta per alcuni giorni. Dal suo rifugio, paralizzato dalla paura, aveva visto i nemici cercarlo, dargli la caccia come si usa per una speciale preda. Ma dopo tanti e inutili tentativi, i furiosi turchi avevano lasciato l'isola.

Solo allora, all'imbrunire, dopo aver recuperato la sua barca, Josuff aveva preso il largo e lasciato Curzola.

Tutti sapevano come era stato ucciso il capitano generale Marcantonio Bragadin per aver difeso Famagosta. Come il ricordo di quella orrenda morte aveva dato tanto ardire ai veneziani a Lepanto, così aveva dato a Josuff il coraggio di partire da solo, al buio, puntando la prua verso Venezia. Le costellazioni più conosciute, le più luminose, le due Orse, erano le luci che gli indicavano la rotta. "Se un giorno arriverò in laguna e se avrò una bambina la chiamerò Orsa" e seguiva con i suoi occhi, dalla vista acuta come quella di un'aquila, la Stella polare. Dopo un paio di giorni aveva incrociato una peota veneziana. I mercanti, saputa la sua storia, l'avevano preso a bordo e, trascinando la sua barca, lo avevano portato ai margini della laguna. Josuff aveva ripreso a remare e si era infilato nel primo stretto canale che aveva trovato. "Ecco le famose barene... Devo fare attenzione: potrei rimanere incagliato" aveva pensato, più avanti. Sapeva di questa difficoltà dai racconti sentiti dai vecchi marinai della sua isola.

Era quasi sera. A fatica distingueva ciò che lo circondava. Non vedeva abitazioni, non una barca. Poi, come un miraggio, lontana, sfocata, la sagoma di un alto campanile. Fiducioso aveva pensato: "Deve essere Torcello". Ma la foschia che lo avvolgeva da un paio di ore si era improvvisamente trasformata in una impenetrabile nebbia.

Josuff si era sentito avvolto, imbozzolato, in un manto freddo e umido e, non vedendo più nulla, era stato preso da un senso di disorientamento, di sconcerto, di smarrimento mai provato prima.

Aveva alzato gli occhi al cielo: sperava nelle sue stelle, ma la grande volta era scomparsa dalla sua vista. "Dove sono finito? Non vedo nulla… Nemmeno la luna…"

Il silenzio era rotto da piccoli guizzi nell'acqua e da strani versi di animali della bassa vegetazione.

"Mi sembra il luogo dei fantasmi, delle streghe. Qui i turchi non mi troveranno… Capirò meglio domani mattina…"

Accovacciato nella barca, però, aveva aguzzato gli occhi come le creature notturne. Voleva vedere qualcosa.

"Mi sento come un gatto chiuso in un sacco…"

Poi la vista si era adeguata alla poca luce e aveva scorto un'ombra.

"Un uomo con le braccia alzate? No, è un albero… Qui nessuno mi salverebbe… Devo solo sperare nella fortuna e, come gli antichi, chiedere ai maghi, alle indovine…"

Si era protetto con una coperta, aveva chiuso gli occhi e con la nostalgia aveva pensato alle bellezze di Curzola.

12

Arrivavano immagini di sole, di stelle, di mare e di spiagge. Non avvertiva più l'odore della laguna.

La stanchezza aveva ceduto a un sonno profondo e sogni ansiosi si alternavano ad altri di tranquilla dolcezza.

Gridi assordanti di gabbiani, intercalati da fischi e da differenti richiami di uccelli, avevano svegliato Josuff. Si sentiva stanco, dolorante alla schiena e disorientato dalla strana posizione che teneva la sua barca: era in bilico, adagiata su un fianco nella sabbia. Con la bassa marea, la battigia si era spostata. Era lontana.

La nebbia si era dissolta e la naturale foschia della laguna, nascondendo l'orizzonte, creava un mondo surreale.

Josuff, dopo aver ben scrutato, aveva trovato il campanile di Torcello e pensava a come raggiungerlo quando una voce di giovane donna lo aveva distolto dai suoi propositi.

«Buongiorno! Avete dormito bene?» aveva chiesto una ragazzina che stava dietro la barca con un cesto in mano. «Siete foresto, vero? Non vi ho mai visto in laguna! Oh… forse non mi capite.»

Josuff, ripresosi dall'attimo di sconcerto e stupito da quella inaspettata presenza, aveva subito notato sia la bellezza sia l'ingenua spontaneità della giovinetta. Era piuttosto piccola, ma snella; dal fazzoletto verde annodato alla nuca, che non riusciva a contenere la sua folta chioma, uscivano riccioli corvini come i folti sopraccigli, e gli occhi brillavano come rare perle nere. La scollatura della camicetta lasciava intravedere un acerbo seno e dalla lunga gonna marrone, che la giovinetta tratteneva con una mano per non bagnarla, uscivano caviglie sottili e un accenno dei candidi polpacci. I piedi nudi erano immersi nel limo, mentre nel cesto i gamberi, in incessante movimento, tentavano la libertà.

Josuff le aveva risposto: «Parlo abbastanza bene la tua lingua, vengo da Curzola. E vorrei rimanere qui in laguna… Vorrei diventare un pescatore».

«Io sono Razzetta e vivo qui vicino con mia nonna Nina e mio padre Leo. Anche lui pesca… Ora è andato con la barca a portare il pesce al mercato… Certo avrete fame! Venite con me, ma prima legate la barca a quel palo, se non volete che l'acqua, quando ritorna, ve la porti via.»

Josuff l'aveva seguita e insieme avevano raggiunto una casupola su una barena, nascosta da fitta vegetazione.

Su una bassa seggiola vicino al camino c'era Nina che, dopo aver ben scrutato il giovane e ascoltato con attenzione la sua storia, con generosa spontaneità gli aveva offerto quanto aveva nella sua magra dispensa.

Al tocco aveva fatto ritorno Leo, un bell'uomo, alto, forte, biondo. Un lagunare schietto che, dopo aver saputo dell'avventuroso e strano viaggio, senza tanti preamboli, gli aveva chiesto: «Cosa avete combinato per scappare da Curzola e arrivare in laguna?».

Josuff, con gli occhi lucidi, aveva raccontato: «Ho perso i genitori da bambino e sono cresciuto con un pescatore, Alek, un amico di mio padre, e ho vissuto tanti giorni sulla spiaggia. Lui mi ha insegnato tutto del mare e come usare la barca lasciata da mio padre: sono sempre andato con lui… Un giorno due turchi hanno iniziato a colpirlo perché volevano rubargli il pesce e la barca… Allora io non ho resistito, ho voluto aiutarlo e con un remo ho dato un gran colpo in testa a uno di loro…».

«Avete fatto bene: lo avrei fatto anch'io.»

«Visto che il suo amico ha chiamato altri per inseguirmi, io sono scappato veloce come un gatto. Arrivato alla mia grotta, ho coperto l'entrata con dei rami: era il posto dove potevo nascondermi in caso di pericolo… Però avrei dovuto restare sempre nascosto, perché i turchi non mi avrebbero mai perdonato e così, appena ho potuto, sono fuggito… ed eccomi qua, solo, senza casa e senza lavoro.»

«Josuff, capisco la vostra difficoltà e godo per quel che avete fatto… Ah, questi prepotenti! Ma voi state tranquillo, per un lavoratore onesto, in laguna c'è sempre posto… Se volete, potete restare con noi: sarete al sicuro» aveva detto Leo battendogli una mano sulla spalla.

Dopo queste parole, le due donne gli avevano preparato un giaciglio in un angolo dello sgabuzzino dietro la cucina, la loro dispensa, e da quel giorno avevano iniziato a prendersi cura del giovane come fosse uno della famiglia.

Ogni mattina, quand'era ancora buio, Leo andava da Josuff: «Alzati, è quasi giorno: il pesce non aspetta».

Una tazza di caffè, un pezzo di pane e in silenzio il giovane, ancora assonnato, seguiva Leo sino alla barca.

Le ore nei canali erano tante, faticose, e dopo il rientro c'era ancora da fare: dividere il pescato, pulire la barca, controllare la rete, il giacchio, i bertovelli.

Razzetta dormiva con sua nonna ed era l'ultima ad alzarsi. L'arrivo del giovane le aveva portato nuovi pensieri e nuove curiosità. Spesso, prima di dormire, tendeva l'orecchio ai rumori che arrivavano dalla dispensa e si chiedeva: "Ora cosa starà facendo Josuff?".

Le cene, i lunghi e tranquilli dopocena, al lume della lucerna, erano i momenti più piacevoli che Josuff trascorreva in serenità con la «nuova famiglia». Leo aveva mille avventure da raccontare, alcune buffe, altre pericolose, accadute a lui o agli amici lagunari.

«Non mi sono mai trovato in difficoltà, non ho mai avuto tanta paura come quella volta, per fortuna non mi è più successo… C'era una nebbia talmente fitta e, non riesco ancora a spiegarmi come, mi sono perso. Non trovavo più le mie nasse. Per un po' ho continuato a remare poi mi sono fermato… Aspettavo che si aprisse uno spiraglio, che arrivasse un po' di luce… invece il tempo passava e io non sapevo cosa fare, non sapevo dov'ero e nemmeno quanto tempo fosse trascorso… perché, lo sapete, nella nebbia si perde la cognizione del tempo… Avevo gridato, sperando che qualcuno mi sentisse… niente… un silenzio di tomba.»

Josuff, emozionato, aveva confessato: «Ho provato la stessa sensazione la sera che sono arrivato in laguna».

Leo aveva continuato: «Non sentivo fame, sete, freddo… avevo soltanto paura. Per quanto tempo avrei dovuto restare in quel posto? Sarebbe passata una barca? Stringevo la testa fra le mani… Mi sarei messo a piangere… Quel silenzio… Per fortuna si è alzato un po' di vento e il muro grigio si è spezzato in bassi nuvoloni. Come un miraggio, ho visto l'ombra di una barca, mi sono alzato in piedi, per poco non sono caduto in acqua e come un matto ho cominciato a gridare: "Aiuto, aiuto! Sono qui!". Una barca con due uomini a bordo si è avvicinata. Non vi dico lo spavento: due ceffi così non li avevo mai visti in tutta la mia vita! "Da dove vieni?" mi ha chiesto il più vecchio. "Ah, il Torcello! È lontano, su vieni con noi… Però anche tu dovrai darci qualcosa…" aveva aggiunto l'altro, alla mia risposta, con uno strano sorriso, e con noncuranza aveva messo in mostra la pistola che teneva infilata nella cintura dei pantaloni».

Josuff pensava: "Anch'io ho avuto molta paura dei turchi!".

«"Certo, per quel che posso" avevo risposto fingendo di non aver visto. Il più vecchio bruscamente aveva aggiunto: "Sì, hai una bella rete… seguimi". E aveva ripreso a remare. "Sì, è bella… può andar bene" aveva aggiunto il giovane. La rete l'avevo appena comprata, mi era costata sudore e rinunce e non volevo regalarla a quelle canaglie… Mille pensieri avevo nella testa… Ripetevo le preghiere che mi aveva insegnato mia madre. Speravo. Poi, lontano, ho visto l'ombra di un'altra barca e allora ho urlato di nuovo: "Aiuto! Aiuto!". Ma alle mie parole sono seguiti due spari.»

«Anche qui non mancano i ladri!» aveva ironizzato Josuff.

«Puoi dirlo! E quei ceffi, rapidi come saette, mi hanno preso la rete e due nasse, poi remando e sparando colpi in aria si sono allontanati veloci. Veloci come faine! Per fortuna mi hanno aiutato gli altri pescatori, ma la rete non c'era più… Da quella volta, quando c'è la nebbia, non vado più a pescare da solo… Josuff, ricordatelo bene, in laguna non ci sono solo dei galantuomini!»

Josuff parlava della sua isola.

«Il mare è diverso da questo, è vivo, rumoroso e quando è in burrasca spaventa… i suoi colori cambiano come il cielo e quando c'è vento l'orizzonte è lucente, preciso, come se fosse fatto con lapis e righello… e le onde che arrivano rumorose alla riva ti ingannano, loro ti portano lontano: tornare alla spiaggia è impossibile. Devi essere aiutato, da solo non puoi farcela! Ricordo, era estate, un ragazzo era entrato in acqua nonostante il mare fosse molto mosso… Sapeva nuotare ma non era tanto abile e tanto forte da riuscire a vincere la forza violenta di quelle onde gigantesche… Per fortuna io e altri pescatori eravamo sulla spiaggia e lo abbiamo visto. Teneva le braccia alzate: chiedeva certamente aiuto e, anche se non riuscivamo a sentire la sua voce, abbiamo capito il grave pericolo e senza pensarci due volte abbiamo spinto una barca in acqua. Mentre due uomini remavano con sforzi sovraumani, io mi sono tuffato. Avevo una corda stretta alla vita, l'altro capo era legato alla barca, e, raggiunto il ragazzo, l'ho abbracciato sotto le ascelle e l'ho tenuto a galla… I pescatori hanno tirato la corda e ci hanno salvati. Non lo conoscevamo, veniva da un borgo vicino. Noi eravamo molto contenti e abbiamo subito dimenticato il pericolo che avevamo affrontato. Invece lui, quel povero ragazzo, è rimasto terrorizzato… Non so per quanto tempo non ha più messo i piedi nell'acqua. Era diventato un nostro amico, spesso arrivava alla nostra spiaggia e poi, con l'aiuto di tutti noi e tanta pazienza, è rientrato in acqua, e alla fine è diventato anche un esperto pescatore.»

Mentre Nina e Leo ascoltavano con attenzione, Razzetta si lasciava trasportare dalla fantasia e immaginava che quei luoghi lontani fossero certamente meravigliosi.

Avrebbe voluto raggiungerli con la barca insieme a Josuff. "Con lui non avrei paura: è forte, coraggioso… e anche bello" pensava mentre guardava il giovane amico con espressione sognante. "Io sono andata solo qualche volta a Venezia…"

13

Col trascorrere del tempo, anche Josuff aveva notato che Razzetta diventava ogni giorno più bella.

Tutte le sere, sdraiato sul suo pagliericcio, aspettava l'arrivo del sonno e la pensava. "Quanto saranno lunghi i suoi capelli? Mi piacerebbe vederli sciolti… Saranno come la seta? Mi piacerebbe toccarli, accarezzarli". E sperando e considerando e fantasticando si addormentava.

Razzetta e Josuff erano contenti quando rimanevano soli. Se all'inizio stare insieme offriva loro solo un ingenuo piacere, col passar del tempo era diventato una necessità e sempre più spesso escogitavano pretesti per soddisfare sia quel bisogno che la loro irresistibile attrazione.

Un caldo pomeriggio Josuff, nascosto fra i fitti rami di un cespuglio, d'accordo con Razzetta, aspettava che lei arrivasse. Doveva sciacquare il bucato nella vicina conca protetta da canne, dove l'acqua era tiepida e limpida.

Immobile, attento come un segugio dopo aver annusato l'odore della selvaggina, immaginava… "Razzetta prima di entrare nell'acqua alzerà la gonna sino alle ginocchia e dopo il bucato scioglierà le sue trecce… poi parleremo…"

Ma la giovane non arrivava.

Faceva caldo. Insetti ronzanti lambivano l'acqua e Josuff osservava i piccoli cerchi fatti da invisibili pesci. Di tanto in tanto un tonfo e grandi cerchi si intrecciavano gli uni negli altri. A est l'orizzonte era nascosto nella foschia e tutto intorno la vegetazione delle barene era inaridita dal caldo e dallo svaporare della salsedine.

A quell'ora nemmeno una barca. La laguna era immobile.

Inaspettatamente qualcuno gli aveva messo una mano sulla spalla dicendo: «Cosa fai qui? Chi stai aspettando?». Era Leo che, in piedi, con le mani sui fianchi e il viso arcigno, gli parlava con voce severa e tono minaccioso.

Josuff non si era mai sentito così a disagio. Così meschino. Avrebbe voluto sparire. Era diventato prima rosso come un gambero, poi smorto come un pesce lesso.

Leo lo aveva preso per il colletto e, dopo averlo alzato da terra come un pupazzo, senza lasciargli il tempo di balbettare una parola, di giustificarsi, aveva alzato la voce e aveva continuato: «Credi che io sia cieco? Che non veda come guardi la mia bambina? Te lo dico una volta per tutte: prima di farti venire certi pensieri o di fare certe cose, pensaci bene… perché, se sei riuscito a scappare dai turchi, di sicuro da me non scapperai… Io riesco a trovarti dovunque tu vada. Hai capito bene?».

Dopo averlo lasciato si era diretto verso casa gridando: «Puoi aspettare fin che ti pare, ma Razzetta oggi non viene… e stai tranquillo: a me di sicuro non la fai!».

Appena entrato, dopo aver preso la bottiglia del vino, Leo si era seduto e aveva dato un violento pugno sul tavolo.

«Non vi ho mai visto così infuriato, cosa è successo?» gli aveva chiesto Nina mentre lui riempiva il bicchiere.

Leo, pieno di rancore, le aveva riferito i suoi timori. Nina, che da tempo aveva intuito e i tarocchi confermato che i ragazzi erano destinati a stare insieme, con calma aveva sentenziato: «Questa è la vita e gli anni passano… Vi ricordate quanti anni aveva la mia Marièta quando si è unita a voi? Quindici… Proprio come quelli che ha ora Razzetta… Non dovete prenderla in questo modo. Quel che importa è che loro si vogliano bene… Date retta a me: la vita è una ruota che gira e nessuno la può fermare».

Leo non aveva risposto. Per tutta la notte aveva pensato alle parole di Nina e aveva ricordato l'amore che aveva provato per Marièta. "Era bella come Razzetta… Eravamo così felici… Quella maledetta febbre me l'ha portata via in due settimane… Come posso stare senza la mia bambina?"

Di notti agitate Leo ne aveva trascorse molte ma, dopo tanto rimuginare, aveva dato retta a Nina. "Devo capire se i ragazzi si vogliono bene sul serio, non devo perderli di vista e poi sarà come vuole la nostra santa Fosca."

Così Leo aveva fatto. Aveva osservato i due giovani e aveva notato che, quando si incontravano o parlavano, nei loro occhi c'era la gioia. Brillavano come i suoi e quelli di Marièta quando stavano vicini. Questo lo aveva un po' rasserenato e lentamente si era riconciliato con Josuff, a cui era davvero affezionato.

Nel mentre Nina interrogava i tarocchi. Le carte confermavano sempre che l'amore fra i due era sincero. "Andrà tutto bene… Sì, non c'è mai un impedimento, un ostacolo, una figura che intralci il loro amore." Lei era contenta e finalmente Leo aveva acconsentito all'unione dei giovani.

"Nina aveva ragione, la vita continua… In questa casa, se santa Fosca vorrà, ci sarà nuova vita… anche Marièta sarà felice" pensava, mentre accompagnava Razzetta alla chiesa.

«Sapevo che saresti arrivato dal mare: me lo avevano detto le carte. Sapevo anche che avresti preso la nostra Razzetta» aveva confidato Nina a Josuff la sera prima del matrimonio dei due ragazzi. Aveva gli occhi lucidi.

Per la prima volta Nina confidava a Josuff di essere una delle *strologhe* delle isole. Ma lui lo aveva già saputo dalle persone che arrivavano per conoscere il futuro.

Nei dintorni non mancavano le *strighe* e le fattucchiere. Tutte abitavano in povere case nascoste nella boscaglia e protette dai tortuosi canali e dalle fittissime nebbie. Si vedevano di rado. Al mattino presto uscivano e con un cesto in mano si inoltravano negli intricati sentieri per raccogliere erbe, bacche o frutti particolari di cui conoscevano le proprietà e come si dovevano utilizzare. Ma sapevano anche degli effetti di un loro uso sbagliato. Le *strighe* erano rispettate e allo stesso tempo temute; non davano confidenza, ma non negavano il loro aiuto a nessuno. Quasi tutte vivevano da sole, spesso avevano dei gatti e qualcuna aveva addomesticato animali selvatici.

Josuff le aveva intraviste, avvolte in grandi scialli nella fredda nebbiolina del primissimo mattino, chinate a cercare fra rami e arbusti, a volte coperti di brina.

Un mattino di nebbia, mentre con la barca rasentavano la riva, Leo aveva detto: «Vedi, Josuff? Quella è Zerlina, la *striga*. Di rado si vede in giro. Si dice riesca a compiere fatture mentre mormora parole e orazioni in una lingua strana. Si dice anche possa guarire o far ammalare le persone: si rivolge a lei chi ha grossi dispiaceri o vuole vendicarsi perché tradito nell'amore o negli affari».

«Ce ne sono anche a Curzola, vengono da lontano, vivono in baracche di legno, fra gli alberi» aveva risposto Josuff.

Leo aveva continuato: «Si dice che Ricetta, una ragazza di Burano, sia venuta dalla *striga* perché il suo moroso stava per sposare un'altra. Era disperata: aspettava un figlio… E allora Zerlina con una sua fattura sembra abbia fatto ammalare il giovane… Il suo viso è rimasto rovinato, come dal vaiolo, e non si è mai più sposato».

«È terribile cosa riescono a fare queste *strighe*! Se ci penso, mi vengono i brividi» aveva sottolineato Josuff.

Non solo sapeva, ma aveva compreso perché gli abitanti delle isole erano da tutti chiamati *strighèti*.

Aveva intuito già al suo arrivo che la laguna era un luogo indescrivibile, unico, affascinante, con albe e tramonti di indicibile bellezza. Poi aveva capito che era un posto difficile. Un labirinto, oscuro e pericoloso. E, poiché non era sempre comprensibile, spesso era avvolto da un alone magico che, ingarbugliando il reale con l'irreale, riusciva a trasportare la mente alla soglia del mistero.

Era un luogo che suscitava, alimentava e coltivava la magia.

14

Erano le sette del mattino del Lunedì dell'Angelo.

In laguna le ultime sfumature rosa dell'alba stavano per cedere il posto alla luminosità dell'azzurro che avrebbe accompagnato tutto quel giorno di inizio primavera.

Josuff e Razzetta, seguiti da Leo, Nina e alcuni vicini, andavano a sposarsi nella chiesa di Santa Fosca.

Razzetta era felice e Josuff non aveva mai provato tanta contentezza. Si sentiva un uomo realizzato. Leo lo aveva accettato e lui percepiva la sua paterna protezione. Avvertiva di far parte della famiglia e ne era fiero.

Era innamoratissimo della sua Razzetta e non avrebbe potuto desiderare di più.

La guardava. Con una coroncina di fiori di campo in testa e i capelli sciolti sembrava una fata.

Da quell'amore benedetto era nata la bellissima Orsa, da tutti chiamata Orsina. Josuff era davvero al settimo cielo.

Quella remota promessa si era concretizzata.

Diventare padre lo aveva reso orgoglioso. Era diventato un vero uomo della laguna. Curzola era lontana e Razzetta e Orsina ne avevano scolorato la nostalgia.

Il tempo che trascorreva fuori dai canali lo viveva con la sua Orsina e lei lo seguiva come la sua ombra. Adorava quella figlia e la colmava delle più affettuose attenzioni.

«In laguna non si è mai vista una creatura tanto bella!» esclamava con entusiasmo chi vedeva la bambina.

Sì, Orsina era davvero molto bella.

Della madre aveva la vivacità e gli occhi neri, luminosi, del padre la pelle ambrata, l'intraprendenza, il fascino misterioso della seduzione, tipica degli *schiavoni*. Era dinamica, decisa, intelligente e molto amata.

Orsina però non era stata fortunata.

Razzetta, sua madre, era morta di polmonite quando lei aveva solo quattro anni e dopo un paio di anni Josuff, suo padre, era rimasto impigliato in una rete ed era annegato mentre tentava di salvare un pescatore caduto in acqua.

Orsina, rimasta orfana, aveva vissuto la sua infanzia al Torcello con il nonno Leo e Nina. Fra i suoi giochi preferiti c'erano le settantotto carte dei tarocchi. Guardando e ascoltando l'anziana bisnonna aveva imparato a conoscerne le immagini colorate e ad accompagnare il loro susseguirsi con le dovute e logiche deduzioni.

«Diventerai una *strologa* come me» diceva Nina alla nipote.

15

Dopo la morte di Razzetta e Josuff, però, Nina non aveva più voluto interrogare le carte per questioni familiari.

Orsina aveva sette anni e la bisnonna aveva deciso di portarla a Venezia per la festa della Sènsa.

«Sei grande e devi vederla. Ti accompagnerò io. Non c'è festa più bella!»

Erano sedute una di fronte all'altra e la nonna, colma di entusiasmo, aveva iniziato: «Ora ti racconto della festa… Tanto tempo fa, papa Alessandro III ha fatto pace con il Barbarossa, proprio qui a Venezia, e fra i tanti regali che ha dato al doge c'era un prezioso anello. "Questo lo darete al mare, perché lui è lo sposo di Venezia" gli ha detto. Da allora, ogni anno, nel giorno della Sènsa, il Doge dalla grande barca tutta dorata, il Bucintoro, getta in mare un prezioso anello. Venezia sposa il mare! Vedrai che barca! Dovremo stare attente, ci sarà tanta gente!».

Orsina ascoltava curiosa. «Bucintoro… che strano nome!»

Il giorno della festa, prima dell'alba, Leo le aveva accompagnate con la barca a Murano e con altri pellegrini erano salite su un battello. Tutti erano scesi al Lido.

Intanto si era fatto giorno. Ognuno, dopo aver trovato un posto soddisfacente, con ansia, aveva iniziato a puntare gli occhi sul Canale verso San Marco e il Palazzo.

Tra la folla c'era chi raccontava ai più giovani ciò che stava succedendo nella piazza. «Ora il doge, con i notabili, i signori, i governatori dell'Arsenale e i magistrati, sarà già salito sul Bucintoro.» Altri aggiungevano: «Fra poco lo vedremo uscire dal porto». E altri commentavano: «Nessuno ha una barca più bella… nemmeno fra mille anni riusciranno a farne una uguale! Nessuno mai vorrà o potrà distruggerla!».

Orsina smaniava dal desiderio di vedere. Era riuscita a trovare un posto in prima fila e aguzzava gli occhi come un rapace quando si prepara a cacciare. Sentiva tutto, ma niente riusciva a distrarre la sua concentrazione.

«Ecco! Stanno arrivando! Finalmente! Quante barche!»

Orsina, zitta, aveva guardato e con occhi spalancati si era girata. «Nonna, avete ragione! È vero, è bellissimo!» E con la massima attenzione, trattenendo quasi il fiato, aveva ripreso a seguire ciò che stava avvenendo all'orizzonte.

La barca arrivata al porto si era fermata e due nobili avevano versato un gran vaso di acqua benedetta, poi il Doge, in piedi, solenne, aveva gettato l'anello dicendo in latino: «Ti sposiamo, o mare, in segno di vero e perpetuo dominio».

Man mano che il Bucintoro si avvicinava, Orsina, superato l'abbaglio dell'oro, era riuscita a notare i particolari della statua sulla prua, la Giustizia, che dominava la scena emergendo su tutte le altre imbarcazioni ornate di preziosi fregi dorati e imbottiture di cangianti velluti.

Tutti esprimevano opinioni, notavano il fasto e il lusso sfoggiato dagli occupanti delle spettacolari barche.

Orsina era quasi intimorita. Si era avvicinata a Nina e le aveva stretto la mano. Si sentiva come catapultata in un mondo che non avrebbe mai immaginato potesse esistere.

Arrivati al molo, il Bucintoro e le altre imbarcazioni si erano fermate e un lungo corteo luccicante d'oro e pietre preziose, intonando litanie e salmi, era entrato in San Nicolò per la solenne cerimonia religiosa.

«Mentre tutti sono in chiesa a celebrare, prendiamo un battello e andiamo a San Marco» aveva detto Nina, e con passo sicuro ne avevano raggiunto uno che stava partendo.

Orsina la seguiva, ma spesso si girava verso la folla rimasta in attesa dell'uscita dalla chiesa del corteo.

Durante il breve tragitto Nina aveva continuato ad alimentare la curiosità della nipote. «Ci saranno tante bancarelle con oggetti che arrivano da tutto il mondo!»

La magnificenza della basilica aveva ridimensionato ciò che lei sino al giorno prima aveva considerato bello: la solida purezza dei mattoni delle chiese della sua isola.

La sua mano era stretta a quella della nonna, ma la sua testa si girava seguendo la curiosità dei suoi occhi.

Orsina non aveva mai visto tante donne eleganti e uomini con cappelli e parrucche. Molti portavano una maschera. Non aveva mai sentito parole così incomprensibili e mai udito discorsi con cadenze tanto diverse.

Le chiese l'avevano stupita. Non erano come a Torcello, erano quasi tutte ricoperte di marmo, fregi e statue.

La piazza era affollata. Profumi intensi, fragranze di spezie e odori non sempre piacevoli impregnavano l'aria. Fra i banchetti ricolmi di ogni possibile, si alternavano gruppi impegnati in giochi di abilità, acrobazie, gare di potenza fisica. C'era anche la musica e qualcuno ballava.

Il doge era tornato a palazzo. La piazza era affollata. La musica era cessata e tutti, con il naso in su e gli occhi puntati al campanile, erano in attesa dello *svolo*.

Un ragazzo strettamente legato a una corda, uscito da una finestra del campanile, lentamente era sceso per un omaggio floreale al doge che, dalla loggia del palazzo, aveva assistito lo svolgere della *sagra* nella piazza.

Tutto si era fermato. Nessuno parlava. Solo qualche bisbiglio. Trattenendo il fiato ognuno temeva per quel ragazzo che, dopo un tempo che sembrava non finire mai, finalmente aveva rimesso i piedi sul selciato.

Lui, raggiante, con le braccia alzate, aveva ringraziato i generosi e gioiosi applausi.

Dopo diversi commenti, nella piazza erano tornati il brusio, il vociare, i giochi, la musica e i balli.

A ogni bancarella Orsina si fermava. Tutto era bello!

Nina le aveva fatto scegliere una collanina fatta di fili attorcigliati con perline di vetro oro e blu.

Orgogliosa, Orsina l'aveva messa. «Non la toglierò più» aveva detto, e l'aveva tenuta sino al suo ultimo giorno.

Nel tardo pomeriggio avevano ripreso il battello ed erano tornate a Torcello quando ormai era buio. Lei si era addormentata sulla barca di Leo, sognando Venezia.

Il giorno seguente aveva ripreso la sua vita semplice, limitata dai confini dell'isola, ma l'incantamento della festa della Sènsa non l'aveva più dimenticato.

"Voglio andare a vivere a Venezia: là è tutto diverso, c'è gente elegante, ci sono i caffè, i teatri…" pensava spesso mentre imparava da una vicina a intrecciare la paglia dei canneti.

A quattordici anni, con Leo e la *maestra cestaia*, era andata nella città per vendere al mercato di San Giacometto tutti gli oggetti che aveva realizzato.

Rialto, con le sue botteghe e bancarelle, era affollato. Il continuo saliscendi di persone di età e ceti diversi aveva catturato l'attenzione di Orsina che, come imbambolata, non prestava attenzione a chi apprezzava i suoi originali oggetti di paglia. Per fortuna c'era la sua *maestra*.

Vedere tanti stranieri e sentire tante incomprensibili parole la disorientava. Come ipnotizzata da questo mondo nuovo, lei non avvertiva niente, nemmeno la stanchezza. Pensava solo: "È tutto così bello… vorrei vivere a Venezia…".

Gli ambulanti e chi aveva bottega avevano notato le nuove arrivate. In particolare guardavano la bella Orsina e curiosi chiedevano: «Siete forestiere? Da dove venite?».

Mario, un prestante marinaio del porto diretto al vicino emporio delle spezie, era rimasto colpito dalla bellezza della ragazza e, pur di conoscerla, era andato a comprare un cestino di paglia. Ma avrebbe dovuto tornare ancora molte volte al mercato e comprare tanti cestini prima di riuscire ad accompagnare la bella Orsina al Torcello!

Anche Orsina era rimasta colpita dal giovanotto, dai suoi modi gentili e aveva accettato di frequentarlo.

I due si erano innamorati e, dopo un anno, anche loro si erano sposati in Santa Fosca. Orsina aveva solo quindici anni e, con tante speranze, aveva seguito Mario e, lasciata l'isola, era andata ad abitare a Venezia, nei pressi di Santa Maria dei Miracoli. Non faceva più oggetti di paglia, ma aiutava una ricca signora, sua vicina di casa.

Un giorno la signora piangeva perché preoccupata da una vicenda familiare e Orsina, commossa, per rassicurarla le aveva detto: «Calmatevi… vediamo cosa dicono i tarocchi». E, dopo aver preso dalla tasca il mazzo delle carte, aveva iniziato a disporle sul tavolo leggendone la successione.

Un po' la fortuna, un po' perché Orsina aveva tolto dal mazzo le due carte negative e un po' perché conosceva il problema, le sue positive previsioni si erano avverate.

La signora era rimasta sbalordita dalla capacità di Orsina di pronosticare il futuro e da quel giorno non solo lei, ma anche tutte le sue amiche, prima di ogni decisione, di fronte a certi problemi, la interpellavano per essere rassicurate dalla lettura delle seducenti, enigmatiche, imprevedibili e irresistibili carte.

La fama di Orsina come *strologa* si era diffusa e ogni giorno c'era qualcuno che bussava alla porta per essere rincuorato, consigliato o avere lumi sulla sua sorte.

Dall'amore di Orsina e Mario erano nati Toni e Poletta.

Toni aveva ereditato dal padre, dai nonni e dai bisnonni la passione per la barca e per il mare. Giovanissimo era stato ingaggiato da un mercante e, su una grossa peota, che trasportava spezie e stoffe, faceva la spola fra la laguna e gli importanti fondachi che la Serenissima possedeva nei diversi porti del Levante. Nel tempo, le soste di Toni a Venezia erano state sempre più rare e infine si era sposato e stabilito a Cipro.

Mario era morto per un'infezione e Orsina viveva con Poletta. Dedicava tutte le sue attenzioni e il suo amore alla figlia: avrebbe fatto l'impossibile perché potesse realizzare i suoi desideri e avere un futuro di successo.

Poletta aveva ereditato la bellezza delle donne della sua famiglia e la voce della madre di Josuff.

«Quando ti sento cantare risento le parole di mio padre: "Di mia madre ho pochissimi ricordi, ma la sua voce la riconoscerei ancora. Cantava come un usignolo". Anche tu canti come un usignolo» ripeteva orgogliosa Orsina alla figlia. «Ah! Se potesse sentirti il tuo povero nonno!»

La voce di Poletta era stata notata sin da quando era bambina e cantava nel coro di Santa Maria dei Miracoli.

16

Orsina aveva confidato alla signora presso la quale lavorava dell'ambizione di Poletta e questa si era offerta di aiutarla. «Tranquilla, Orsina, troveremo una maestra *del bel canto* e per le lezioni ci penserò io.»

Così era stato. Poletta aveva potuto partecipare alle lezioni tenute da un ex soprano del teatro di San Giovanni Crisostomo. Studiava con impegno e sognava la celebrità.

Un giorno, mentre stava provando un brano vicino alla finestra, un impresario teatrale di Vicenza che camminava presso la sua casa, sentendola, era rimasto colpito dai suoi gorgheggi e senza esitare aveva bussato alla porta. Cappello in mano, si era presentato a Orsina che, ritta sulla soglia, con aria diffidente aveva aperto.

«Scusate, sono Rocco, un impresario. Stavo andando al teatro ma non ho resistito alla voce della *putta*» aveva detto il forestiero titubante. «Mi piacerebbe sentirla… Potrei aiutarla… Potrebbe diventare un famoso soprano.»

Nel mentre Poletta si era avvicinata e quei complimenti inaspettati l'avevano meravigliata e molto emozionata.

Orsina non sapeva cosa rispondere, ma l'espressione raggiante della figlia l'aveva disarmata e con cortesia aveva fatto entrare l'impresario. «Prego… accomodatevi.»

Rocco era un signore vicino ai trent'anni, ben vestito, educato, dalla parola facile. Ma la bellezza e la giovane età di Poletta gli avevano reso il momento difficile e ora stentava a trovare le parole adatte per semplificare e motivare il suo interesse per quella bella voce.

«Padrona mia, tutti i giorni io sento cantare, però vi posso assicurare che questa *putta* possiede un prezioso dono, una voce rara» aveva spiegato Rocco a Orsina.

La donna lo scrutava, cercando di cogliere la sincerità di

quel dire. Aveva guardato la figlia e, anche se non le era sfuggito il lampo di gioia che sprizzava dai suoi occhi, aveva così risposto: «Vi ringraziamo signore per le belle parole ma, per il momento, Poletta deve continuare ad andare a scuola… Ne riparleremo… fra un paio di anni».

«Sì, fra un paio di anni io sarò di nuovo qui e sono certo che Poletta sarà pronta per affrontare i teatri più importanti» aveva risposto Rocco, dirigendosi all'uscita. «Mi raccomando, mia cara, studiate e io vi porterò al successo» e con un garbato inchino aveva salutato e lasciato le due donne.

«Avete sentito? Oggi è il giorno più bello della mia vita!» aveva esclamato la giovane abbracciando sua madre.

Quella inattesa visita aveva aumentato in Poletta la determinazione di coltivare la sua voce per poter un giorno cogliere frutti come aveva pronosticato Rocco. Mentre provava brani sempre più impegnativi ricordava quell'incredibile visita e le parole dell'impresario, chiedendosi: "Chissà se ritornerà come ha promesso? Passerà di nuovo sotto la mia finestra?".

Spesso si avvicinava al davanzale sperando di vederlo.

Quelle straordinarie affermazioni non avevano lasciato indifferente nemmeno Orsina e, in cuor suo, si augurava che un giorno la figlia potesse raggiungere la celebrità.

Molto tempo era trascorso e un mattino, mentre Poletta era andata a lezione, non riuscendo più a resistere, aveva deciso di interrogare i suoi tarocchi.

«Vediamo se questo Rocco verrà a prendere la *putta*… Sì! Manterrà la parola… il *soleil*… l'*argent*… la *cèlèbritè*… basta non voglio sapere altro…» e aveva riposto le carte. «Non posso correre il rischio di sapere brutte cose… Di disgrazie in famiglia ne abbiamo già avute troppe!»

Erano trascorsi quasi due anni da quell'indimenticabile pomeriggio. "Non si ricorda più di me e della promessa" pensava la giovane, dubbiosa del ritorno di Rocco e, per l'ennesima volta, titubante, aveva sbirciato dalla finestra.

Un pomeriggio umido, con una nebbia tanto fitta da non riuscire a vedere i lumi accesi nelle case e le lanterne sulle barche, qualcuno aveva bussato alla casa di Orsina.

«Chi può essere? Con questa nebbia…» borbottava Orsina mentre guardava dallo spioncino. Stupita, aveva aperto velocemente la porta. «Signor Rocco! Entrate, entrate» e si era sistemata una forcina. Emozionata non lo aveva lasciato parlare. «Mi spiace, Poletta è a scuola… Ma ritorna presto! Il tempo di un caffè!» E, dopo aver preso cappello e guanti, gli aveva porto una sedia e messo sul tavolo due tazzine.

«Avevo promesso che sarei tornato ed eccomi qua. Grazie, mentre aspettiamo la *putta* un caffè lo prendo volentieri» aveva risposto l'impresario. «Non vedo l'ora di sentirla di nuovo… una voce che… non sono riuscito a dimenticare!»

Mentre sorseggiavano il caffè, si era aperta la porta ed era entrata Poletta. «Mamma, che freddo! È rimasto un po' di caffè anche per me?» Solo mentre si toglieva lo scialle aveva visto Rocco. Terribilmente impacciata, era arrossita ed era riuscita solo a sussurrare: «Padrone, ben tornato».

Rocco si era alzato, alla vista di tanta bellezza si era emozionato come un ragazzino e con voce bassa aveva detto: «Sono venuto perché spero, ma che dico?, sono convinto che ormai sarete pronta per salire su un palcoscenico. Però, vi prego, fatemi la grazia di cantare un piccolo brano… una strofa… Io vi ascolterò con vero piacere».

Emozionato, si era di nuovo seduto manifestando la beata letizia di una bambina che indossa un vestito nuovo; di un mercante che dopo un lungo viaggio finalmente rientra nella sua comoda casa; di colui che è certo di provare finalmente quel piacere da tanto tempo desiderato.

Poletta, dopo un attimo di esitazione, incoraggiata dallo sguardo di Orsina, aveva preso uno spartito e, avvicinando il lume, si era predisposta a cantare.

Rocco la osservava e notava il bel viso, gli occhi come perle, il profilo delicato, la bocca piccola, la pelle candida. «Coraggio, non temete» aveva detto alla *putta* in modo benevolo.

Il brano che Poletta aveva scelto era una buffa strofa di un madrigale di Antonio Lotti.

La sua voce era dolcissima e allo stesso tempo potente.

Rocco la guardava estasiato. "Questa *putta* è davvero baciata dalla fortuna: ha una voce incantevole, è bella... Avrà un gran successo! La porterò a Parigi." Seguiva il canto rapito, trasportato, chiedendosi stupito: "Come può una creatura così delicata, con un petto così acerbo, possedere una voce tanto forte e travolgente?".

Poletta era emozionata. Sapeva di affrontare una prova importante che forse avrebbe deciso il suo futuro. Temeva di stonare, che la voce le venisse meno, sentiva caldo, poi freddo, le mani sudate, le guance bollenti. Per un attimo aveva incrociato lo sguardo di Rocco e le era bastato per leggervi un'espressione strana, per lei nuova, di cui non sapeva cogliere il vero significato.

«Bravissima! Si sente l'impegno! Mi avete dato retta e avete fatto bene! Vi porterò nei teatri di Parigi, di Vienna... Avrete un successo invidiabile... Non ho ancora sentito un soprano migliore di voi! Padrona mia, sarete contenta: tutti vorranno avere la vostra *putta* nei loro teatri e tanti vorranno scrivere musica per la sua voce.»

Orsina non credeva a quelle parole ma, accorta, aveva subito sottolineato: «Poletta è troppo giovane perché possa andare in giro per il mondo in cerca di successo... Prima vediamo cosa succederà qui: abbiamo tanti teatri».

«Certo, rispetto il vostro volere, ma, quando sarà celebre, dovrà andare a Parigi: il centro non è più Venezia, il vento nuovo arriva dalla Francia... Il mondo sta cambiando. Frequento i teatri di tanti Paesi e posso ben dirlo!»

17

Rocco si era molto impegnato: aveva contattato impresari e accompagnato la ragazza a più di una audizione. La voce della *putta* era davvero eccezionale ed era riuscito a farla debuttare al teatro San Samuele.

Poletta era agitata, preoccupata, felice, incredula e soprattutto bisognosa di rassicurazioni e incoraggiamenti da parte del paziente e comprensivo Rocco.

Orsina non era più la donna decisa e forte di sempre. Il debutto di Poletta la faceva sentire, come dicevano gli uomini della sua famiglia, una caorlina nel mare in burrasca o una barca senza un remo; un marinaio in mezzo all'oceano senza bussola in una notte senza stelle; oppure, come sosteneva Nina, un'anatra che vorrebbe attraversare un canale ghiacciato camminando.

Nella casa di Orsina era come fosse entrata non la bora, ma un tifone. Tutto era sottosopra: vestiti, scarpe, parrucche, *paniers*, maschere, ventagli, guanti. Ovunque.

«Meglio questo scialle o quello? Parrucca bionda o castana? Quali scarpe?» Poletta faceva continue domande.

Finalmente il giorno del debutto era arrivato.

Rocco, eccitato, di tanto in tanto chiedeva a Poletta: «Come vi sentite? Non prendete freddo… controllate la voce… Tranquilla, andrà tutto bene… In teatro non c'è più posto! I musici sono pronti…». E, dopo aver controllato la giovane per l'ennesima volta: «Ora entrate! Tocca a voi!».

La debuttante aveva avuto una piccola parte, un ruolo non da protagonista in un madrigale, ma erano bastate le prime frasi per porsi all'attenzione del pubblico, e nel bel mezzo della scena erano arrivati calorosi applausi.

Orsina piangeva di gioia e mai come in quel momento aveva sentito la mancanza di tutti i suoi cari.

Rocco, come elettrizzato, l'aveva raggiunta battendo le mani con vigore e felice aveva esclamato: «Padrona mia, non mi sono sbagliato! La nostra *putta* andrà lontano».

Quella frase aveva portato Orsina alla consapevolezza che la sua amata figlia da quel momento si sarebbe allontanata da lei, dalla casa e una profonda tristezza aveva turbato la sua felicità.

Poletta in breve tempo aveva iniziato a esibirsi con successo nei teatri delle città vicine.

Rocco si era perdutamente innamorato della giovane e il desiderio di starle accanto era diventato irresistibile. Lei ricambiava il suo amore e, poiché non riuscivano a vivere l'una senza l'altro, avevano deciso di sposarsi.

Si erano stabiliti nella casa di Orsina perché, dovendo continuamente spostarsi da una città all'altra, per la giovane sposa l'aiuto e l'affetto della madre nei pochi momenti di riposo erano un grande conforto.

Poletta era diventata famosa e gli zecchini che lei e il marito guadagnavano, a dire il vero non pochi, li gestiva la parsimoniosa Orsina. «Non possiamo spendere e spandere: dopo la pesca abbondante arriva sempre il tempo delle reti vuote…» E aveva comprato un negozio e una casa.

Dopo un paio di anni dal felice matrimonio, era nata Norina. Orsina era raggiante e, nonostante la sua vita non fosse mai stata così intensa, aveva continuato ad aiutare la signora, sua vicina, anche lei diventata nonna.

I due sposi, ormai celebri, guadagnavano tanto e le loro assenze da Venezia erano sempre più frequenti. Per la prima volta avevano affrontato il lungo viaggio di una *tournée*, che durava più di un mese, a Vienna.

Orsina era inquieta. Avrebbe voluto consultare i suoi tarocchi, ma una «strana voce» le aveva detto di non farlo. La tentazione era stata forte ma lei aveva saputo resistere.

Cercava di pensare alle cose belle che i due genitori avrebbero portato alla loro bambina, alle novità che le avrebbero riferito, alla gioia che sarebbe tornata nella sua casa quando finalmente la famiglia si fosse riunita.

Era da poco finito gennaio e la famosa coppia stava tornando a casa dopo la lunga assenza. Erano ormai in provincia di Belluno.

«Siamo quasi arrivati» aveva detto Rocco.

E Poletta, con gli occhi lucidi, aveva sospirato: «Non vedo l'ora di riabbracciare Norina... Mi sembra un secolo... Sarà felice dei giocattoli nuovi... Sarà certo cresciuta».

«Anch'io sono ansioso di riabbracciarla... È stato un vero successo: sei stata bravissima! Resteremo un po' a Venezia, poi via in Francia a *Paris... la ville lumière!*»

Improvvisamente un violento urto. Un grande sconquasso.

Nella carrozza un'esplosione di grida e urla spaventose.

La ruota della carrozza era entrata in una profonda buca coperta da una lastra di ghiaccio. Il mozzo si era spezzato. La vettura era precipitata nella scarpata e, dopo essersi ribaltata e capovolta più di una volta, si era quasi disintegrata nel fondo valle.

Degli otto passeggeri solo uno si era salvato.

Una terribile tragedia! Spaventosa!

I giovani sposi erano morti abbracciati.

Orsina, devastata dal dolore, all'inizio non riusciva a realizzare che la sua famiglia fosse stata distrutta, poi era subentrata la terribile fase dell'incapacità di prendere decisioni. Lei, però, che si era tanto prodigata per il prossimo, ora poteva contare sul sostegno delle monache che avevano educato sua figlia, sul conforto della signora, la sua vicina e il supporto di tante amicizie. Addolorata, disillusa, aveva preso i suoi tarocchi. "Non li userò più... non voglio sapere nulla di ciò che potrebbe succedere" e con decisione li aveva bruciati nel camino.

Dopo molto tempo, aveva trovato motivo dei suoi giorni

ribadendo a se stessa: "Devo crescere Norina: questo vorrebbe la mia *putta*. Non posso lasciarmi andare…".

Aveva così riversato i pensieri, le attenzioni e tutte le sue energie alla crescita della piccola nipote.

Norina, grazie ai risparmi della nonna, aveva potuto frequentare la scuola e soddisfare qualche capriccio. Sapendo che Orsina non si sarebbe negata alle sue richieste, aveva insistito per poter partecipare alle lezioni di recitazione tenute da una ex famosa attrice.

«Voglio diventare un'attrice, recitare nei teatri delle città importanti: Vienna, Parigi… come mia madre» sosteneva con forza quando la nonna esprimeva le sue contrarietà.

Norina, appena sedicenne, era andata con una piccola compagnia di Venezia a recitare in un teatro di Padova. Orsina, ansiosa, aveva affidato la nipote a un'attrice, un'amica di Poletta: «Mi raccomando, cercate di aiutarla e soprattutto fate attenzione che non incontri persone sbagliate. È una giovane *putta*, ingenua… e anche bella!».

Norina interpretava un ruolo di un certo rilievo nella commedia *Le baruffe chiozzotte* di Carlo Goldoni. Eccitata, era dietro le quinte. Le gambe sembrava non la reggessero, si sentiva insicura, il cuore batteva forte per l'irripetibile momento: debuttare su un palcoscenico.

Il suo recitare era stato molto applaudito dal pubblico.

Della compagnia faceva parte Domenico, per tutti Ménego, un giovane sempre sorridente, scherzoso, di bell'aspetto che, notata la bellezza della giovane attrice, usava ogni possibile stratagemma per poter restare solo con lei.

«Siete stata bravissima… Questo abito è perfetto, non ho mai incontrato una ragazza più bella di voi… Siete incantevole…» E quella sera era riuscito a baciarla.

Norina era al settimo cielo. Era entusiasta, felice.

Aveva realizzato il suo desiderio e pensava: "Sono diventata un'attrice, ho trovato l'amore". E sognava. "Cosa potrei volere di più? Io e Ménego saremo una coppia di attori, diventeremo famosi, saremo felici come mio padre e mia madre…"

La sera successiva, dopo l'ultima rappresentazione prima di rientrare a Venezia, Norina si era diretta verso il camerino del giovane. "Mia nonna non vorrebbe, ma mi piace essere abbracciata e baciata da Ménego… Lui mi ama: sono sicura."

Aveva indossato l'abito più bello, scollato, e un profumo speziato. Emozionata, lesta e con passo leggero, sperando nessuno la vedesse, si era avvicinata al camerino.

Arrivata davanti alla porta, aveva sentito il giovane che intercalava frasi sdolcinate a sottomesse risatine. Di colpo si era fermata. "A chi sta dicendo queste belle parole?" si era chiesta sconcertata. E in quell'istante aveva riconosciuto l'allegra voce della prima attrice.

"Quella vecchia strega! Non posso credere che Ménego stia con quella megera… Non è possibile! Quel Giuda!" e lacrime di delusione e di rabbia avevano bagnato il suo bel viso.

"Nessuno mi ha mai trattata così" pensava Norina piena di rancore. "Aveva ragione mia nonna: il teatro non è un bel mondo… Non voglio vivere tutta la vita con persone delle quali non mi posso fidare, che pensano alla carriera, che senza scrupoli imbrogliano, ingannano, tradiscono…"

Furiosa, era ritornata sui suoi passi e, dopo aver buttato con violenza tutti i vestiti nel baule, incurante del bell'abito, si era gettata sul materasso. "Per fortuna domani torniamo a Venezia e, prima che io salga nuovamente su un palcoscenico, si dovranno vedere le gondole volare!"

Al mattino Ménego, ignaro di tutto, appena vista Norina, le era andato candidamente incontro sorridendo e lei, da vera commediante, gli aveva ripetuto le parole dette dalla prima attrice, imitandone perfettamente la voce. Lui aveva immediatamente compreso che la sera precedente aveva sentito tutto. Dispiaciuto, non sapeva come giustificarsi: «Lei è arrivata nel mio camerino… Non sapevo cosa fare… Ma io voglio voi… credetemi… non succederà più…».

«Non dovete preoccuparvi, ora potete andare con la vostra *vecchia signora* quando volete, io non reciterò mai più… Non voglio intorno a me persone che mi usano e mi gettano via a loro piacere. Non ho bisogno di voi e di nessun altro!»

Era riuscita a dare la miglior interpretazione della sua breve carriera controllando l'impeto di collera che stava impadronendosi di lei e, senza concedere a Ménego un'altra parola, sprezzante, si era allontanata con passo deciso ed era andata a preparare il suo baule.

18

Sul burchiello, isolata dal resto della compagnia, si era sistemata in un angolo, vicino al posto per i servitori. Il viaggio sarebbe durato otto ore. Lei, imbronciata come una bambina in castigo, non aveva rivolto sguardi e parole a nessuno. In modo scorbutico e a fatica aveva risposto con monosillabi a chi gentilmente si era preoccupato per lei. Di tanto in tanto si soffiava il naso. Non voleva che qualcuno notasse le sue lacrime di rabbia e delusione.

Sull'imbarcazione era salito un distinto signore, non più giovane, elegante, con soprabito bordeaux damascato, parrucca, tricorno nero e un bastone con pomo d'argento.

Era il *sior* Tomà, un ricco veneziano che spesso si recava a Padova sia per far visita alla sorella che per seguire la sua grande azienda agricola nei pressi di Cittadella.

Prima di ritirarsi nella cabina di prua, dopo aver collocato il suo domestico, si era fermato a fare due chiacchiere con il capitano. Aveva perciò saputo che il gruppetto di persone, alquanto originali nel vestire, era una compagnia di attori di un piccolo teatro veneziano.

Aveva notato la *giovine putta* appartata e un marinaio gli aveva confidato: «È un'attrice, ha debuttato con discreto successo ma, per motivi personali, ha lasciato la compagnia... È Norina, la figlia di Poletta, il famoso soprano, morta col marito in quel terribile incidente».

Tomà, a quella informazione, non aveva saputo resistere e, avvicinatosi alla ragazza, con sincera tristezza, le aveva espresso il dispiacere che ancora provava per la morte dei suoi genitori. «Io ero un ammiratore di vostra madre... una voce come la sua non si dimentica. Se posso esservi utile, qualsiasi cosa, non avete che da comandare.»

Norina, colpita da quelle parole, gli aveva gentilmente risposto: «Signore, vi ringrazio, ma non mi serve nulla».

Tomà, dopo essersi ritirato nella sua cabina, aveva pensato alla giovane. "Di ragazze belle nella mia vita ne ho conosciute tante, ma questa è certamente la più bella…" E, nonostante avesse avuto diverse avventure, Norina lo aveva particolarmente colpito. "Quell'espressione imbronciata, infantile… l'avrei coccolata… È così bella! Tutta la notte da sola in quella sala buia… Mi dispiace…"

All'alba si era alzato e, raggiunta la ragazza, le aveva proposto: «Andate a riposare nella mia cabina, avrete modo di rimettervi in ordine prima di sbarcare a Venezia».

Norina, all'inizio era stata un po' esitante, poi aveva accettato l'invito e, nella confortevole cabina, lentamente il suo rancore verso Ménego si era attenuato. Quelle premure erano state un vero balsamo.

Al porto, Tomà aveva molto insistito perché lei gli promettesse di incontrarlo di nuovo: «Sarei molto felice di potervi rivedere, di diventare vostro amico». E, dopo averle detto dove abitava: «Ripeto: esservi amico sarebbe una gioia».

Erano trascorsi un paio di mesi e non l'aveva più rivista. A volte la pensava e sperava di incontrarla. "Venezia non è così grande… Incrocio tante persone e lei non l'ho più vista… Possibile? Chissà dove sarà…" Così rifletteva mentre era in Campo San Moisè, vicino al ridotto dove avrebbe fatto qualche puntata al faraone.

«Non ci posso credere! Norina? Come mai tanta premura?»

La giovane camminava a passo svelto, sulle spalle uno scialle grigio, gli occhi rossi. «*Sior* Tomà! Vado dallo speziale, mia nonna sta male e sono tanto preoccupata.»

«Mi spiace. Se permettete, sarebbe per me un onore mandare a casa vostra il mio dottore. Lui è davvero bravo, troverà il giusto rimedio e vostra nonna starà meglio.»

Lei era molto angosciata e ancora una volta non aveva potuto rifiutare la generosa e nobile proposta di Tomà.

La diagnosi del dottore non aveva lasciato speranze: «Purtroppo a vostra nonna non rimane molto tempo. Alla sua infezione non c'è rimedio, ma con le polverine che vi preparerà il farmacista sentirà meno dolore e la febbre diminuirà... Ah, queste acque! Porteranno sempre malasorte!».

Norina era addolorata, abbattuta, ansiosa, insicura e continuava a ripetere: «Come farò senza la mia adorata nonna? Non ho più nessuno! Non posso vivere senza di lei».

Tomà si era prodigato per aiutarla in ogni necessità e aveva trascorso al suo fianco tutto il tempo dell'agonia di Orsina. Per la giovane *putta* lui era il suo conforto: aspettava e riceveva le sue visite con vera gratitudine.

Norina, dopo il funerale, piangendo, si era gettata fra le sue braccia. Lui era commosso e, mentre la stringeva forte, aveva provato una intensa e nuova emozione. Con tono premuroso, le aveva poi detto: «Fermatevi alcuni giorni a casa mia... pensarvi sola mi rende inquieto».

Dopo un breve periodo, l'aveva persuasa a traslocare in un appartamento al piano terra della sua grande casa. «Se avrete bisogno, in qualsiasi momento, potete contare su di me. Io abito al piano alto... Sono più tranquillo sapendovi qui vicino... Spero faccia piacere anche a voi... C'è tanto spazio, quattro stanze... Vi piacerà, ne sono certo.»

Norina aveva accettato e, dopo aver affittato la casa su rio Panàda, si era trasferita vicino a Campo San Luca.

Tomà l'aveva aiutata a sistemarsi e a iniziare nuove relazioni, a ben inserirsi nel nuovo sestiere.

Lui provava un singolare piacere ad accompagnare la giovane in calli e campielli per piccoli acquisti. Lei si entusiasmava per un paio di calze, un nastro, un gingillo, e lui provava un profondo appagamento nel vedere quella contentezza per le modeste cose che le regalava.

A volte era capricciosa e lui la giustificava affermando:

«Siete proprio una bambina». E l'abbracciava teneramente.

Col passar dei giorni, Tomà era sempre più attratto dalla bella Norina e, quando non poteva incontrarla o trascorrere un po' di tempo con lei, le ore erano lunghe e monotone. Solo la certezza che l'avrebbe accompagnata per fare compere o che avrebbero fatto una breve passeggiata o che insieme sarebbero andati a teatro, a una festa o a un concerto, lo rendeva contento e pieno di ottimismo.

Norina si era legata a Tomà con affetto e stima. Dover trascorrere un giorno senza vederlo, le dava malinconia. Con lui non aveva segreti: era sempre così comprensivo! Una notte lo aveva sognato come un amante dolcissimo.

Un giorno Tomà aveva proposto alla ragazza: «Penso sarebbe bene che anche noi imparassimo a parlare e a leggere il francese… Ormai le persone colte, chi va a teatro e chi viaggia si esprime in questa lingua con disinvoltura».

Norina aveva ascoltato quelle parole con attenzione e con entusiasmo gli aveva risposto: «Credo abbiate ragione, andremo a scuola di francese». E, già sognando un viaggio a Parigi, aveva sottolineato: «La trovo un'idea fantastica!».

Avevano trovato nell'anziana contessa Sofia, amica di Tomà, un'insegnante colta e simpatica che, raccontando dei suoi viaggi nella *ville lumière* e leggendo loro poesie e brani di celebri autori francesi, non solo li aveva abituati a parlare la nuova lingua, ma aveva anche suscitato in loro il desiderio di un *voyage à la grand ville*.

«Mia cara, so che vi piace recitare e ora che conoscete il francese vi invito per un evento di beneficenza, qui, con le *pecorelle* dell'Arcadia, Zanetta e Prudenzia, due *putte di choro*: suonano e cantano in modo superbo! Non potremo mai ringraziare abbastanza il nostro *prete rosso*, il maestro Vivaldi… Se non ci fosse stato lui! Saranno presenti *des amis de Paris*, potreste leggere poesie in francese e alcuni sonetti di Caterina Dolfin» aveva detto la nobildonna a Norina mentre sorseggiavano il tè.

«Che emozione! Ho per le *putte beaucoup d'admiration*!»

«Pensate che anche i grandi viaggiatori, dell'Est e del Nord Europa, quando arrivano a Venezia, non si lasciano sfuggire l'occasione di assistere a un loro concerto... ma, *pardon*, ne riparleremo: ora ho un appuntamento.»

Norina era eccitata. L'idea di declamare poesie, anche in francese, la rendeva orgogliosa. La esaltava. Appena uscita si era diretta a casa. Non stava nella pelle dalla gioia... "Devo dirlo a Tomà! Sarà felice! Leggere i sonetti di Caterina Dolfin, sentire le *putte*... altro che Ménego! Se non avessi incontrato Tomà quella sera sul burchiello... Lui mi fa entrare nel bel mondo, potrò recitare... Non sono mai stata così felice! Se ci fosse mia nonna...". Un velo di malinconia per un attimo aveva offuscato i suoi occhi, ma l'entusiasmo li aveva di nuovo resi sfolgoranti di gioia.

«Ho da dirvi una nuova straordinaria, anzi strepitosa!» aveva detto Norina a Tomà, appena entrata nel salotto.

Lui le era andato incontro sorridente. «Raccontate, sono davvero curioso. Non vi ho mai visto tanto euforica!»

Norina, dopo avergli detto, tutto d'un fiato, dell'invito e della proposta della contessa, aveva chiesto: «Ora dovreste raccontarmi qualcosa di Caterina Dolfin o, meglio, di Dorina Nonacrina... Spero di conoscerla! È da tanto che ne sento parlare».

«È una storia lunga, complessa, ma vi racconterò» aveva detto Tomà, mentre versava in un calice un po' di *refosco*.

«Caterina, della nobile famiglia Dolfin, è figlia unica di Giovanni, laureato a Padova, giudice e poi avvocato del foro, che purtroppo morì ancora giovane nel 1753. Due anni dopo, a diciannove anni e senza dote, la *putta* ha sposato Marcantonio Tiepolo, del ramo di San Polo... un matrimonio voluto da sua madre, Donata Salamon.»

Norina attenta ascoltava. «L'avete mai incontrata?»

«Sì, l'ho vista alle Procuratie: ha degli appartamenti perché, essendo ora moglie di Andrea Tron, il procuratore, lei è diventata *procuratoressa*.»

«Dicono che anche prima dell'annullamento del matrimonio con Tiepolo vivesse con Tron… che fosse la sua amante.»

«Sì, lo ha conosciuto l'anno successivo al suo matrimonio, in villeggiatura… È stato un vero colpo di fulmine. Entrambi sono amanti della cultura e sono molto impegnati e determinati nel voler trasformare la nostra società, seguono le idee nuove che arrivano dalla Francia: loro non si lasciano intimorire dalla pubblica opinione.»

Norina si era tolta lo scialle e seguiva con attenzione ciò che Tomà raccontava di quella donna straordinaria.

«Subito dopo aver conosciuto Andrea Tron ha chiesto l'annullamento del matrimonio e lo ha seguito a Padova.»

«Ha lasciato tutto per seguirlo a Padova?»

«Sì, e ha affittato un casino dove incontrava giuristi, letterati, come Giovanni Marsili, Gaspare Gozzi e anche stranieri… È una donna colta, decisa, forte. È diversa…»

«Son curiosa… Com'è? Certamente sarà molto bella!»

«È graziosa, affascinante, minuta e apparentemente fragile… Ha i capelli biondi e gli occhi azzurrissimi.»

«Come è nata in lei questa passione per le lettere?»

«L'amore per la poesia, per il bello, glielo ha trasmesso il padre… Lei ha molto sofferto per la sua morte e, dopo alcuni anni, gli ha dedicato i suoi famosi venti sonetti.»

«Davvero un grande onore poterli leggere» aveva detto Norina con trepidazione e una velata soddisfazione.

«Sono contento. Recitare è la vostra passione e ora potrete farlo senza lasciare Venezia.» Poi, sorridendo, con ironia, aveva sottolineato: «E continueremo a vederci».

«Sì, certo… Mi aiuterete, vero? Recitare con le *pecorelle*, le *putte di choro*! Che emozione… Sono già agitata!»

«Tranquilla, mia cara, io sono sempre pronto ad aiutarvi» e, posato il calice, l'aveva stretta. «Questa sera andremo a vedere *L'amante di tutte*, del Galuppi, e domani inizieremo a leggere poesie e sonetti.»

Quelle parole l'avevano rassicurata e quelle braccia strette intorno alla sua vita, oltre a farla sentire ben protetta, le procuravano un tale piacere che per nessuna cosa al mondo avrebbe voluto interromperlo. In silenzio erano rimasti amabilmente abbracciati.

«Ora devo andare, domani la contessa mi consegnerà i sonetti di Caterina Dolfin, *pardon*, di Dorina Nonacrina e le poesie in francese… Poi, al lavoro! Non vedo l'ora» aveva detto Norina e aveva salutato Tomà con un veloce e leggero bacio sulla guancia.

19

L'indomani, un caldo pomeriggio di metà aprile, nel salotto con *tapisserie* di seta azzurra damascata della contessa Sofia, Norina, sgranocchiando un biscotto, con interesse ascoltava la padrona di casa che, dopo averle dato i fogli da studiare, le stava raccontando altri particolari della vita della Dolfin.

«Pensate che la nostra Caterina, a causa delle sue letture, ha subito *une perquisition* dall'Inquisizione!»

«L'Inquisizione? Terribile… solo l'idea mi terrorizza.»

«Le hanno sequestrato i libri proibiti, ma l'anno dopo, nel '73, ha sposato Tron il quale, essendo molto ricco, le ha garantito una copiosa rendita e l'ha introdotta nell'alta e facoltosa società veneziana. Nonostante ciò lei non ha rinunciato ai suoi interessi per le lettere e ha affittato il casino in San Zuliàn dove continua a ricevere intellettuali e a promuovere studi su poeti come Rousseau, Voltaire e letture su Macchiavelli e altri.»

«Carlo Goldoni le ha dedicato la commedia *La bella selvaggia*, un vero omaggio, un grande onore.»

«L'anno dopo aver sposato Tron ha donato allo Studio di Padova una statua raffigurante la grande Elena Lucrezia Corner Piscopia, la prima donna laureata al mondo!»

«Ma la Piscopia è vissuta nel secolo scorso!»

«È vero, ma ci voleva una donna a ricordarla… Nessuno lo ha fatto prima… Sono trascorsi quasi cento anni!»

«Nonostante tutto questo, la nostra *procuratoressa* è molto criticata… Non tutti approvano il suo comportamento: ieri ho sentito due dame che ripetevano con malizia ciò che va dicendo il funzionario Pier Antonio Gratarol: "Tron, cavalier sapiente, ora è procuratore, ma se a lui la Patria nega il corno, glielo darà la sposa".»

«*Chérie*, l'ambizione delusa e l'invidia gli fanno dire cose riprovevoli. Io condivido le lotte che i Tron stanno sostenendo, come alzare l'età dei giovani che vogliono indossare l'abito religioso: entrare in convento e prendere i voti quando si è ancora bambini non lo approvo... Mi auguro che tante cose cambino, *mais bien sùr* cambieranno!» aveva affermato la contessa con fervore.

Norina, dopo aver ascoltato quelle parole, era pensosa. Recitare i sonetti di Caterina Dolfin, la *procuratoressa*, una donna tanto colta da non rinunciare alle sue idee, anche se consapevole di poter subire gravi conseguenze, le suscitava insicurezza e aveva così espresso l'idea di rifiutare la proposta che l'aveva tanto entusiasmata. «Non credo di essere la persona adatta a rappresentare una *famme ainsi admirable*... Io sono solo un'attrice...»

La contessa l'aveva immediatamente fermata: «Non dovete nemmeno pensarlo! Impegnatevi, fate del vostro meglio e tutto andrà bene... *Chérie, courage*, prendete gli scritti e studiate... Provate! L'esibizione sarà il giovedì della settimana della festa del Redentore, perciò c'è ancora tempo... Purtroppo ora devo uscire, a presto. *Au revoir*».

Norina era tornata a casa e rapidamente aveva letto per la prima volta tutti i sonetti, poi era salita da Tomà e, mostrando i fogli, gli aveva annunciato: «Domani comincerò a studiarli, ma voi, vi prego, dovete avere la bontà di ascoltarmi». E come una creatura indifesa gli era andata vicino e si era lasciata abbracciare e accarezzare. Se fosse stata una gattina, si sarebbero sentite le sue fusa non solo in tutta la casa ma per tutto il Campo.

«Certo, mia cara, tranquilla» le aveva sussurrato lui all'orecchio, mentre le sistemava una piccola ciocca.

I due avevano trascorso giorni intensi. Norina leggeva, ripeteva, declamava, interpretava. Alternava brevi pause a parole dette a ritmo veloce e a lievi sospiri, accompagnandoli con sguardi intensi. Tomà, attento, la seguiva, suggeriva, la sosteneva e si complimentava.

Dopo circa due settimane Norina era andata dalla contessa Sofia. «Vi prego, ho bisogno della vostra attenzione, del vostro giudizio. Sono così insicura.»

La contessa l'aveva ascoltata. «Sono molto soddisfatta del lavoro che avete fatto. Ora dobbiamo fare le prove con Zanetta, Prudenzia, Lucietta, che nel frattempo si è aggiunta, e le *pecorelle*... Sono certa che sarà *merveilleux, magnifique*!»

Norina quasi non credeva a quei complimenti.

Aveva atteso il giorno della prima prova collettiva con un'ansia indescrivibile. Tomà si era dimostrato l'amico, il maestro, e lei, come sempre, non poteva fare a meno del suo sostegno e della sua paziente attenzione.

Il salone era stato trasformato in uno spazio teatrale. In un angolo, su una predella ricoperta di velluto rosso, c'erano due leggii e due panchetti, imbottiti di seta damascata azzurra e oro come gli altri sistemati ai lati. Di fronte al «palco», divanetti, poltrone e sedie separati da tavolini disposti a semicerchio sulla lucida palladiana, creavano la «platea». I candelabri ripetevano i motivi dell'imponente lampadario di vetro soffiato.

La luce del soleggiato pomeriggio, scomposta dai vetri piombati delle grandi finestre come fossero prismi, dava vita alle cose e nelle sete sfolgoranti, fra l'oro e l'argento, sembrava fossero intessute pietre preziose. Norina, emozionata, fortemente legata al braccio di Tomà, era davanti alla porta della sala con le gote in fiamme.

«Ora vi lascio. Non siate agitata: andrà tutto bene, non temete» aveva detto Tomà sorridendo con tono rassicurante, mentre le dava un lieve bacio sulla guancia.

La contessa, eccitata, festosa e un po' tesa, l'aveva presa sottobraccio e presentata a Zanetta, Prudenzia, Lucietta e alle *pecorelle*.

Zanetta, giovane, alta, magra, un po' mascolina, aveva i capelli castano chiaro uniti in una treccia arrotolata alla nuca.

Ciocche ricciute e ribelli uscivano dalle forcine e scendevano ai lati dei lobi delle orecchie. Le mani avevano dita lunghe, adatte a produrre suoni e accordi impossibili dalla sua tiorba che aveva adagiato su un panchetto. Suonava benissimo anche il violino e la sua voce nei cori era inconfondibile. Era davvero nata per la musica! Una maschera variopinta le copriva occhi, zigomi e, particolarmente, la grossa macchia rugosa che aveva dalla nascita al lato destro del naso. «Onorata» aveva salutato Nerina, con un cenno di inchino e sorridendo.

Prudenzia, piccola e graziosa, aveva luminosi capelli biondi raccolti in una retina dorata. L'ampia scollatura non nascondeva le sue rotondità. Le dita delle sue piccole mani percorrevano con abilità il flauto e, come per magia, da quei piccoli fori uscivano suoni vivaci, struggenti, allegri o dolcissimi. Come magnetizzato, chi ascoltava non riusciva a staccarsi da quell'incantamento. Una maschera color argento copriva il ricordo che il vaiolo le aveva lasciato sul naso e gran parte del viso. Teneva il suo prezioso strumento fra le mani e, in modo naturale e spontaneo, continuava ad accarezzarlo.

Sugli sgabelli a destra del palco, c'erano le *pecorelle*, e sulle loro ginocchia i fogli delle rime che dovevano leggere. Vicino a Prudenzia, Lucietta, sua cugina, appartenente a una ricca famiglia di Padova. Prudenzia l'aveva pregata di partecipare: «Dovete venire! Tutti apprezzeranno le vostre rime! Non dimenticate: aiuteremo l'Ospedale degli Incurabili».

«Voi lo sapete che temo il pubblico,» aveva replicato Lucietta «ma volentieri darò il mio contributo a una causa tanto meritevole.»

Tomà, lasciata Norina, aveva preso la strada di casa e rifletteva: "Ora starà leggendo? Mi auguro non si lasci prendere dall'emozione… Mi manca già: è così cara che non potrei vivere senza di lei… Provo la stessa gioia di quando ero pazzamente innamorato della mia Tonina… Quanto tempo! Eravamo due giovani con la speranza di trascorrere insieme tutta la vita… Maledetto colera! Non ho più amato nessuna, solo avventure… sì, quelle che ho avuto sono state solo avventure, lo sapevo che era il piacere di un momento, nulla di più… L'aspetterò a casa: non ho nessun desiderio di incontrare altre persone. Da quando questa *putta* è venuta nella mia casa, la mia vita è cambiata… Certe volte mi prende un desiderio che… non so se dovrei provare vergogna… ma mi piace e vorrei che fosse mia… Non posso rischiare, non voglio perderla!".

Entrato, si era versato il suo *refosco* e, mentre guardava in controluce il cristallo molato del calice davanti alla finestra, le considerazioni per un momento sospese si erano di nuovo impadronite della sua mente. "Lei cosa proverà per me? La sento vicina, mi sembra che quando le mostro tenerezza anche lei provi piacere… Mi sento spensierato, pieno di voglia di vivere… Norina proverà mai il desiderio di volermi? Oh, santo cielo, cosa mi sta succedendo? Ragiono come un ragazzino! Non voglio illudermi, sarebbe incredibile alla mia età! Però non sarei il primo e nemmeno l'ultimo che si innamora di una bella e giovane *putta*…"

Aveva girovagato per la casa, aveva sbirciato dalle finestre che davano sul Campo. "Questa benedetta prova non finisce mai!" Aveva guardato l'orologio. "Sono già passate due ore!" Non riuscendo più a restare in casa da solo, si era infilato il soprabito, il tricorno e, impugnato il bastone, a passo svelto, era sceso e si era avviato alla casa della contessa. "Ormai starà rincasando." Mentre pensava così, l'aveva vista. «State tornando… finalmente!»

Norina stava arrivando e, appena lo aveva visto, gli era corsa incontro. Radiosa, l'aveva abbracciato e gli aveva parlato della prova: «Non ci crederete! È stato davvero incredibile! Non ho mai sentito musiche, canti e poesie tanto belle… È stato strepitoso! Non vi anticipo nulla, resterete incantato… Non sono mai stata così soddisfatta».

Il giovedì tanto atteso era finalmente arrivato.

Norina, nel suo abito leggero, trasparente, color écru con arabeschi in filo d'oro, si mirava allo specchio. Aveva sistemato, con raffinata eleganza, sull'ampia scollatura, una spilla di corallo rosso e fra i capelli, come una corona, un fiore di seta dello stesso colore. Sulle spalle un ampio scialle di cangiante velluto, quello che solo i veneziani sanno tessere, di seta color oro spento con lunghe frange. Le calze di seta bianca, mentre le scarpe beige, con tacco a rocchetto, erano di raso. Il tutto, compresa la delicata fragranza al gelsomino, era stato una gentilezza di Tomà.

L'acconciatrice aveva puntato l'ultima forcina e la giovane in piedi continuava a fissare la sua immagine.

«Norina, mia cara, siete un incanto. Basta specchiarsi, dobbiamo andare… Lo sapete, non possiamo fare tardi.»

«Le gambe non mi reggono… e se sbaglio? E se comincio a tartagliare? Vorrei starmene qui… Sì, meglio se restiamo a casa: non ce la farò, ne sono certa.»

«Tranquilla, andrà tutto bene.» Con tenerezza Tomà l'aveva presa sottobraccio e, cercando di distrarla con banali considerazioni, erano arrivati al palazzo della contessa.

Superato lo scalone, sulla *consolle* dell'atrio, vi era un *plateau* d'argento dentro il quale anche Tomà aveva posato il suo sacchetto con gli zecchini per l'Hospitale.

La contessa riceveva e accompagnava gli ospiti al salone.

Nonostante fosse un pomeriggio di sole, le candele dei lampadari e delle appliques erano accese. Uno splendore!

Tomà, lasciata Norina, riveriva tutti, ma continuava a seguirla con lo sguardo mentre raggiungeva il palco.

Lentamente tutti gli invitati si erano accomodati.

Mormorii, sorrisi, cenni, fragranze e fruscii di sete.

La contessa, raggiunte le artiste, aveva espresso un cordiale «Benvenuti» e aveva dato inizio all'evento.

Nel silenzio, gli ospiti fissavano la famosa Zanetta, ma dopo le prime note che uscivano dal suo violino non vedevano più nulla. Erano coinvolti dal *concerto n. 3, op. 6 in La min.* di Vivaldi, che lei eseguiva in modo perfetto. Nessuno avrebbe osato interrompere quel magico trasporto.

Zanetta era trasfigurata. Un'espressione serena, quasi celestiale, testimoniava che la musica era davvero il suo mondo. A tutto il resto lei non apparteneva.

Finita l'esecuzione tutti, pienamente appagati, si erano alzati per un caloroso applauso.

Zanetta aveva ceduto il palco a Prudenzia, una *putta*, maestra di flauto, alla nuovissima Pietà. La giovane, con il suo prestigioso strumento, aveva eseguito con maestria il concerto in fa maggiore per flauto di Tartini. Brano celebre, dolce, appassionante, molto apprezzato e gradito da tutti gli spettatori.

Zanetta l'aveva accompagnata col violino.

«Un programma magnifico» aveva affermato la dama seduta al fianco di Tomà, ma lui pensava a Norina e le aveva solo sorriso. "Ora deve leggere… Sono in ansia. È ridicolo, ma è più forte di me." Proprio in quel momento lei si era alzata e aveva annunciato: «Leggerò tre sonetti scritti da Dorina Nonacrina in memoria del padre Antonio Dolfin».

Norina aveva esposto le rime con appropriate pause e dispensando sorrisi. Era riuscita a controllare le sue emozioni come solo le grandi attrici riescono a fare. Tutti erano commossi e molti ammiravano la sua bellezza.

Tomà non riusciva a controllare la sua eccitazione, a celare la sua gioia e, con fierezza, batteva le mani. Norina, mentre ringraziava per gli applausi, aveva incrociato il suo sguardo e non era riuscita trattenere un bacio leggero che, con un soffio, era volato dalla sua mano. Tomà sorridendo lo aveva colto come un'impalpabile piuma.

Le *pecorelle* avevano letto sonetti, alcuni ormai famosi, e Lucietta, emozionatissima, un paio di sue poesie.

Durante la pausa gli ospiti, con un calice in mano, si erano complimentati con la padrona di casa per l'incantevole pomeriggio. Qualcuno aveva accennato alla bellezza di Norina e Tomà, sentendo, aveva provato un po' di gelosia.

Ognuno era poi tornato al suo posto per seguire la seconda parte del concerto. Zanetta, scoprendo solo le labbra, aveva intonato la cantata profana di Antonio Lotti *A l'ombra d'un allor*, accompagnandosi con la tiorba. Un brano, vivace e malizioso, che aveva suscitato buonumore, ilarità e desideri non proprio innocenti.

Il tempo era trascorso velocemente.

Norina aveva letto uno struggente testo francese.

La giovane era concentrata e sembrava che la voce non volesse uscire. Non guardava il pubblico. Era tesa ma, dopo la prima strofa, si era sciolta e i suoni francesi erano arrivati nitidi e perfetti sino agli ultimi posti. Aveva superato la grande prova. Era raggiante!

Il sorriso di Tomà la gratificava più di ogni altra cosa.

Quindi Zanetta, dopo aver atteso la fine degli applausi, aveva preso la parola per dichiarare che l'evento stava per concludersi e che lei avrebbe eseguito il concerto di Vivaldi, denominato dallo stesso autore *Il favorito*.

Dopo un attimo di concentrazione aveva iniziato a suonare. Non aveva bisogno dello spartito. Il pezzo lo conosceva bene e lo stava suonando in modo sublime.

Il risaputo virtuosismo di Zanetta era sconcertante. L'esibizione era seguita con attenzione e ammirazione anche da chi non era particolarmente esperto di musica.

Tomà era partecipe, ma non riusciva a togliere lo sguardo da Norina. Avrebbe voluto gridare: «Siete stata bravissima! E siete meravigliosa!».

A fine concerto, dopo infiniti applausi per tutte le artiste, molti gentiluomini avevano rivolto complimenti a Norina per la sua bravura, ma non avevano celato l'attrazione che provavano per il suo fascino. Dopo rispettosi inchini e baciamani, Tomà aveva ripreso a braccetto Norina ed eccitati si erano avviati a casa.

Lei era effervescente. Non smetteva di parlare. Ripeteva le stesse cose e chiedeva conferme della sua esibizione. Elogiava le altre artiste e apprezzava l'evento. Commentava le *toilette* delle dame. Sottolineava piccole imperfezioni al suo francese. Confessava le sue emozioni. Ma gli sguardi, i sorrisi maschili ricevuti non l'avevano lasciata indifferente. Anzi, si era sentita importante.

Tomà annuiva, la rassicurava e la guardava estasiato.

Arrivati a casa, l'aveva fatta accomodare al tavolo della sala da pranzo. «Finalmente siamo soli e, prima di cenare, un brindisi.» Mentre le porgeva un calice, guardandola intensamente, le aveva dato un bacio sulla guancia. «In casa non c'è nessuno… anche i domestici devono festeggiare! Non preoccupatevi hanno già preparato: la cena è pronta.»

«Andiamo un attimo sul balcone, guardiamo l'ultima luce, ormai è sera… È bellissimo… Ma che afa, non si respira!»

«Guardate! Laggiù lampeggia… Speriamo arrivi un po' di aria fresca» aveva sottolineato Tomà togliendosi il gilet. Mentre ammiravano la città specchiarsi nelle acque rosate dei rii, aveva continuato: «È sempre un incanto».

Si erano accomodati.

«Ora, mia cara, ceniamo… Che pace.»

Lei finalmente si era rilassata. «Che giornata... Quanti timori... Non avrei mai immaginato... è stato così... entusiasmante!»

Mangiavano, alzavano i calici, parlavano, scherzavano. Era ormai notte. Una folata di vento, accompagnata da un forte tuono, era entrata improvvisamente dalle finestre e aveva sbattuto le imposte, le porte e spento i lumi.

I due rapidamente si erano precipitati a chiudere le persiane, a fermare le tende e a riaccendere le candele.

«Devo scendere, ho lasciato la finestra della cucina aperta!» aveva affermato Norina, e di corsa aveva infilato la scala.

«Attenta! C'è buio, mia cara, non correte!»

Tomà non aveva finito la frase che a un forte tonfo erano seguiti un urlo e un lamento: «Aiuto! Sono caduta! Venite!».

A quel rumore, a quel grido di dolore, a quella richiesta di aiuto lui aveva risposto precipitandosi alla scala. Nella fretta aveva rovesciato un bicchiere sulla candida tovaglia e urtato una sedia. «Arrivo, non muovetevi!» Poi era ritornato in sala per prendere un lume e finalmente l'aveva raggiunta.

La giovane, tutta scarmigliata e con la gonna al disopra delle ginocchia, era seduta sui gradini e si massaggiava la gamba destra.

«Che male! Povera me, mi sarò rotta qualche osso… Che dolore… Aiutatemi, vi prego» implorava quasi piangendo.

«Non preoccupatevi, andiamo… Vi aiuto… Appoggiatevi a me. Sul letto starete meglio. Adagio… Saliamo… Attenta!» Lentamente erano arrivati al grande letto di Tomà. «Vado io a chiudere la finestra. Rimanete qui, state comoda… Tranquilla, torno subito.»

Poco dopo era di ritorno. «Come state? Va un po' meglio?»

«Mi fa male la caviglia» e lamentandosi si era tolta la calza. Poi aveva aggiunto: «E anche il ginocchio.»

«Sarà meglio che rimaniate coricata qui, nel mio letto, e se il dolore non passa domani chiameremo il dottore».

Tomà aveva aiutato la giovane a togliersi l'abito, il corsetto, la crinolina e anche l'altra calza. Norina si era lasciata aiutare con lamenti dai toni sempre più deboli. Dopo un po', stanca, sia per le tensioni e le emozioni della lunga, intensa giornata sia per lo spavento della caduta, si era addormentata. Tomà si era sdraiato al suo fianco, nel grande letto, e, prima di addormentarsi, non privo di tentazioni suscitate dalla sua bellezza, le aveva accarezzato la folta chioma.

Avrebbe desiderato abbracciarla, baciarla... amarla. Ma, con rispetto, era riuscito a controllare i suoi impulsi e, dopo considerazioni e ragionamenti, si era addormentato.

Il temporale, con la stessa rapidità con la quale era arrivato in laguna, si era allontanato e aveva raggiunto la terraferma. Stelle luminose avevano riempito la volta celeste. Veloce, qualche nuvola bianca si spostava favorendo l'arrivo di aria rinfrescata e leggera.

La notte stava per finire. All'orizzonte la nuova luce.

Norina si era svegliata indolenzita, ma la caviglia stava decisamente meglio. "Mi sembra di non avere ossa rotte: è stata solo una gran botta... come diceva mia nonna Orsina, braccio al collo e gamba a letto... Mi riposerò e tutto passerà... Ieri è stato un gran giorno!"

Tomà dormiva. Non si era sfilato nemmeno la camicia.

All'inizio la luce che filtrava dalle persiane era poca e lei vedeva solo il suo profilo e i capelli spettinati. Non l'aveva mai visto in quel modo e aveva provato una grande tenerezza. Piano piano la stanza si era fatta più luminosa. Intenerita, lo osservava e constatava: "Non ho mai notato il suo bel profilo, le sue sopracciglia così folte e nere... Ha un naso importante, ma la bocca è perfetta". Poi, seria, aveva riflettuto: "È premuroso, onesto, generoso... Quando sono con lui non ho timori e quando non c'è vorrei vederlo, parlargli... È l'uomo che vorrei fosse mio... Possibile non abbia mai pensato a tutto questo? Che sciocca! Ero così impegnata a voler fare l'attrice! Andare da un teatro all'altro, incontrare un altro Ménego...".

Queste valutazioni l'avevano spinta a soddisfare un singolare, imprevedibile desiderio di abbracciare Tomà, di baciarlo, di accarezzargli il viso, di stringersi a lui. L'uomo, alla prima carezza sul viso, credeva di sognare e, imitando lo stratagemma di Tito, il suo amato e ruffiano gatto, aveva impercettibilmente socchiuso un occhio. "Possibile? Norina mi sta accarezzando e mi sta sfiorando con le sue labbra? No, non sto sognando... È meraviglioso..."

Aveva continuato a fingere di dormire. Come Tito, stava aspettando, non la preda da cacciare, ma di diventare lui la preda. Voleva essere cacciato dall'adorata Norina!

Non poteva esserci estasi più sublime. Incredibile!

Lei continuava ad abbracciarlo, ad accarezzarlo, a baciarlo, poi aveva accompagnato quei dolci gesti con affettuose parole: «Tesoro, siete la persona più cara che potessi incontrare... Non potrei vivere senza di voi... Vi vorrei mio... Abbracciatemi... Vorrei essere vostra».

Tomà, a quella dolce e spontanea dichiarazione, non era più riuscito a trattenersi. Come le impetuose acque del grande fiume in piena, che una volta aveva visto rompere l'argine a Rovigo con la loro incontrollabile violenza e che avevano travolto tutto quanto avevano incontrato sulla loro strada, così il desiderio dirompente di amare e di essere amato dalla sua incantevole Norina si era impossessato di lui e aveva travolto tutto il suo essere.

Era una splendida mattina. Fresca. Luminosa.

Mentre sui rii i barcaioli accompagnavano il loro remare con intonate cadenze, con ardente passione il desiderio dei due amanti di donarsi e di possedersi era stato finalmente soddisfatto.

Descrivere la gioia di Tomà non sarebbe possibile. Sul suo viso sorridente c'era un'espressione di radiosa, intensa beatitudine che nemmeno la persona più distratta di questo mondo avrebbe potuto ignorare. Norina si lasciava accarezzare, e, raggomitolata fra le sue braccia, gli aveva sussurrato: «Sono felice, non sono mai stata così... Oggi è un giorno bellissimo... Tutta la notte ho pensato, poi ho deciso: non voglio più rincorrere un teatro o l'altro, affannarmi per il successo... Non voglio certo smettere di recitare, ma lo farò solo per occasioni speciali, per persone che apprezzano la poesia, la musica... Come ieri». E aveva continuato: «Non potrei più vivere lontana da questa casa... lontana da voi».

«Certo, mia cara, questo è quello che anch'io voglio. Vi accompagnerò dove desiderate, ma non riuscirei a stare senza di voi» e l'aveva baciata con passione.

Dopo quella giornata gloriosa, quel provvidenziale temporale e quella caduta dalle scale, il legame d'affetto fra i due si era trasformato in un rapporto d'amore.

Norina non poteva fare programmi senza l'approvazione di Tomà e il più importante di tutti, quello a cui entrambi intensamente aspiravano, era un viaggio a Parigi.

«Ci sposeremo e andremo in viaggio di nozze a *Paris*, la *ville lumière*» le aveva proposto una sera mentre tornavano da teatro.

«Aspettiamo l'anno prossimo: voglio riuscire a parlare *comment une parisienne*» aveva sottolineato Norina con sussiego.

Avevano visitato Roma, Napoli, Firenze e parte della Toscana, ma a Vienna lei non aveva mai voluto andare. Pensare a quella città le procurava troppa sofferenza.

Al ritorno di uno di questi viaggi, mentre si recavano a teatro, Norina aveva incontrato Zuliàn, una vecchia conoscenza di Tomà, accompagnato da Cecchina.

Dopo quel giorno, avevano iniziato a frequentarsi tutti e quattro.

All'inizio Cecchina aveva provato un certo disagio perché pensava a Norina come a una eventuale, possibile rivale. Temeva che la sua avvenenza, la sua giovane età e la sua vivacità potessero offuscarla agli occhi di Zuliàn.

Ma una sera, dopo aver assistito a uno spettacolo che rappresentava la triste storia e le vicissitudini di una giovane orfana, Norina, con gli occhi lucidi, non era riuscita a trattenersi e aveva raccontato a Cecchina la tragedia che l'aveva privata dei genitori in tenera età.

Cecchina a quelle parole aveva risposto con un abbraccio e le aveva confidato della sua infanzia alle Zitelle.

Condividere la loro situazione di solitudine era stato salutare. Si erano sentite unite e fra loro non c'era più stato spazio per rivalità, malintesi o competizione.

L'una provava per l'atra un sincero affetto.

Norina aveva trovato nella riflessiva Cecchina l'amica che in ogni occasione l'avrebbe aiutata e consigliata con sincerità e generosità e lei non avrebbe mai potuto dire o fare qualcosa che potesse recarle dispiacere. A sua volta, Cecchina vedeva in Norina una ragazza che aveva bisogno di un'amica con più esperienza, di una sorella maggiore pronta ad ascoltare le sue confidenze e a darle suggerimenti.

"Ho sempre desiderato avere una sorella. Ora c'è Norina e sono contenta: ho la sua amicizia e l'amore di Zuliàn... Non sono più sola" pensava Cecchina.

Lucietta era la più giovane delle tre dame sedute nel ridotto, ed era bellissima. Il suo corpo non ancora maturo sembrava l'incarnazione di una delle tre Grazie. I capelli color dell'oro, ondulati, sottili, delicati come seta, quando li portava sciolti bastava un soffio per sollevarli. Una nuvola. In quel momento li tratteneva con il prezioso fermaglio d'argento, tempestato di pietre dure, che il padre le aveva regalato per i quindici anni. Le caviglie erano sottili. E i piedi? Avrebbero fatto invidia a Cenerentola! Lei lo sapeva e non li nascondeva. Quando rideva i denti bianchi come perle illuminavano il suo viso. Molti giovani avrebbero desiderato sfiorare le sue labbra. E non solamente i giovani. Indossava un abito scollato di seta pesante azzurra arabescata di riflessi argentati e l'ampia gonna era più corta della sottogonna di raso, bianca come le calze.

Apparteneva a una benestante famiglia padovana di proprietari terrieri, che trascorreva l'estate ad Abano. Era l'ultima nata e unica femmina, dopo quattro maschi. La sua nascita aveva dato ai genitori molta gioia, in modo particolare al padre. «Dopo tanti maschi, finalmente una donna» aveva pronunciato sollevandola, commosso, appena gli era stato possibile prenderla in braccio.

Era stato lui a imporle il nome Lucietta. «Perché questa creatura è davvero la luce dei miei occhi» diceva con smisurato orgoglio quando parlava della sua beniamina.

Lucietta non era solo bella, ma sensibile, dotata di una fervida fantasia e amava molto leggere e scrivere. Le era sempre piaciuto ascoltare piccole storie e le brevi filastrocche che inventava da bambina col trascorrere del tempo si erano trasformate in poesie.

Anche a Padova c'erano le *pecorelle* ma a Lucetta l'idea di condividere le sue rime procurava insicurezza.

Aveva festeggiato i quindici anni da un paio di mesi e, ancora contenta del regalo ricevuto dal padre, era in giardino catturata dalle pagine di un libro quando sua madre le si era avvicinata sorridendo e, dopo averle sistemato i capelli, le aveva detto: «La signora Teresa, sai i signori che abitano a Stra e vengono ad Abano durante l'estate?, desidera farti conoscere suo nipote Eugenio… Ma che brutta espressione che hai! Non sto mica parlando del dottore!».

«Io non voglio conoscere nessuno… Sto bene qui, lo sapete. Voglio scrivere, leggere e nient'altro…» e di scatto si era alzata imbronciata per quella interruzione.

«Dovrai pur conoscere qualcuno! Eugenio mi sembra un giovane adatto alla tua età, un ottimo partito…»

Lucietta si era rifugiata nella sua stanza di pessimo umore. Le parole della madre le avevano messo agitazione e dopo un paio di giorni, prima che potessero avere un seguito, Lucietta aveva raggiunto suo padre in ufficio e gli aveva parlato con atteggiamento mesto e affettuoso. «Un regalo grande, impagabile: vi prego, mandatemi a Venezia, lo vorrei tanto… Come i miei fratelli, mi piacerebbe stare un po' da vostra cugina, andare in laguna e conoscere Prudenzia… Dicono tutti sia così brava! Mi piacerebbe sentirla… Vi prego, non dite di no…» Due calde lacrime avevano bagnato il suo bel viso.

Era sincera: voleva evitare l'occasione di conoscere Eugenio o qualcun altro.

"Vorrei conoscere il mio amato senza intermediari" pensava.

Piangeva e guardava suo padre con espressione afflitta. Nel modo in cui lui non avrebbe mai voluto vederla… "La mia bambina è davvero triste… Non posso permettere che la mia Lucietta pianga. No, non posso vederlo… Questa cosa mi addolora" pensava, e, con una dolcezza che nessuno avrebbe mai immaginato potesse avere, le aveva sussurrato: «Certo, se lo desideri tanto, andrai a Venezia e, quando sarai tornata, parleremo di cose serie… di cose da grandi». Si era alzato, le aveva messo il suo forte braccio sulle spalle, con la mano le aveva accarezzato dolcemente i capelli e aveva continuato: «Ora basta… non voglio più vedere queste lacrime».

Il padre, dopo qualche giorno, era andato a Venezia da sua cugina, una dama sposata a un aristocratico della città e che godeva dell'amicizia della contessa Sofia.

«Saremo felici di avere Lucietta qui con noi: conoscerà la mia cara Prudenzia e, poiché mi dite che ama scrivere, le faremo conoscere le *pecorelle*. Potrà restare tutto il tempo che voi vorrete. È giusto che la ragazza conosca il mondo che cambia così velocemente! Avrà l'opportunità di discorrere con stranieri, in francese… È così giovane!»

24

Al padre di Lucietta le parole della cugina avevano fatto un gran bene. "La mia bambina resterà ancora con noi. Per il matrimonio c'è tempo, è giovane… Ho pagato un professore dello Studio perché le insegni il francese!"

Dopo due settimane Lucietta, accompagnata da suo padre, era arrivata in laguna. Aveva avuto la possibilità di sentire un paio di volte Prudenzia e le *pecorelle* in un salotto di Venezia e di aver conversato in francese.

Il soggiorno veneziano si era prolungato ed era stato ricco di emozioni. In quel periodo aveva riflettuto e aveva deciso che solo per un grande amore avrebbe potuto rinunciare a ciò che aveva capito essere importante: scrivere, partecipare agli incontri con le *pecorelle*, sentire le *putte*, visitare la città, andare a teatro. Romanticamente pensava: "Il mio principe, quando arriverà, lo saprò riconoscere e solo per lui rinuncerò a tutto questo".

La partecipazione all'evento presso il palazzo della contessa Sofia aveva aiutato Lucietta a superare i propri timori, le proprie insicurezze.

L'incontro era terminato. Lucietta era rimasta nel salotto per gli ultimi saluti alla padrona di casa con Zanetta, i cugini veneziani, Prudenzia e sua sorella Caterina che viveva a Mira.

Dopo tanti complimenti, i genitori avevano accompagnato Prudenzia al portone della Pietà, mentre Zanetta, con Lucietta e Caterina, si era avviata verso casa. A causa di un episodio esilarante raccontato da Caterina, Zanetta era esplosa in una sonora risata e, mentre rideva, le era scivolata la maschera: la brutta macchia che aveva sul viso era apparsa in tutta la sua sgradevolezza.

La ragazza velocemente aveva riposizionato la mascherina e, con disinvoltura e sorridendo, aveva concluso il discorso con una calzante battuta ironica. Sperava che nessuno avesse notato l'incidente, ma a Lucietta quella incresciosa immagine non era sfuggita.

Lucietta e Caterina l'avevano accompagnata e salutata sulla soglia, nel *sottopòrtego* presso Campo San Luca. Dalla porta aperta si intravedeva la ripida scala che portava alla casa che le aveva lasciato suo zio Cipriano.

25

Zanetta aveva alle spalle giorni vissuti in modo singolare: un passato di cui solo Prudenzia e le monache della Pietà conoscevano i particolari.

La madre, Bertina, era stata una domestica presso il famoso violinista Carlo, un vero artista che forse non avrebbe mai rinunciato al successo per il matrimonio.

Bertina era carina, delicata e soprattutto ingenua e il musicista, senza perdere tempo, ne aveva approfittato. Quando lei aveva scoperto di essere incinta, lui era già partito per una *tournée* di concerti che lo avrebbe portato nelle più importanti capitali d'Europa. Purtroppo, prematuramente e rapidamente, era morto per febbri tifoidee mentre stava per raggiungere la Polonia, senza aver mai saputo che Bertina aspettava un figlio.

Dopo aver dato alla luce Zanetta, la giovane sfortunatamente era morta di emorragia postparto e la piccola era stata affidata alle monache della Pietà dallo zio materno Cipriano.

Quest'ultimo, sin da bambino, aveva mostrato di essere abile, intelligente, parsimonioso e un acuto osservatore. Era imbattibile nelle competizioni che richiedevano intuito e destrezza e sapeva ascoltare e intervenire con giudizio. Aveva delle ambizioni: non voleva vivere come domestico e desiderava viaggiare e indossare abiti eleganti. "Lavorare fino a quando non riuscirò a raddrizzare la schiena non è certo il mio obiettivo. Faticare appoggiato al bastone e la bocca raso terra non sarà il mio futuro."

Viveva nei pressi del porto e per pochi spiccioli faceva qualche servigio ai negozianti del Campo, ma il luogo che preferiva era una locanda vicina al *Fontego dei tedeschi*. Nelle pause, zitto e seduto su uno sgabello, ascoltava i clienti che provenivano da lontani Paesi e con facilità era riuscito a comprendere e a farsi intendere nelle loro lingue; affascinato li osservava nel casino dove si ritiravano per giocare a faraone o a zecchinetta. Questi mercanti gli permettevano di guardare; a volte qualcuno lo rendeva complice delle sue puntate e di alcuni trucchi e, quando vinceva, gli regalava un soldo dicendogli: «Tieni, ragazzo… mi hai portato fortuna».

Col passare del tempo i giocatori l'avevano coinvolto sempre più e lo sfidavano. «Vediamo se riesci… se hai capito come si gioca» e gli davano una moneta. Cipriano si concentrava e dimostrava di aver ben afferrato le loro istruzioni.

Era veloce nell'apprendere e, constatata la sua abilità, il locandiere gli aveva concesso di tenere il banco del gioco nel casino un pomeriggio alla settimana.

Cipriano era ormai un abile mazziere e finalmente un giorno era arrivato ciò che sognava.

Un commerciante, un giocatore incallito, gli aveva proposto: «Domani parte un vascello per Ragusa, potresti imbarcarti e sostituire il mazziere che si è ammalato… Al comandante ho già parlato io». Cipriano non se l'era fatto ripetere. Con l'entusiasmo di un uccello a cui viene aperta la gabbia, era tornato a casa per recuperare l'abito che aveva comprato e che aveva tenuto in ottimo stato. A volte, prima di dormire, lo aveva provato sognando il momento in cui avrebbe potuto indossarlo. Era di seta damascata verde e azzurra e lo teneva nella cassapanca con la camicia dai polsini di pizzo, il solino, le calze, le scarpe nere, la parrucca, il bastone e il tricorno.

Era partito dopo aver salutato sua sorella Bertina con euforica allegria, dicendole: «Tranquilla, starò via un po', ma quando tornerò avrò la borsa piena di zecchini».

Sulla nave aveva iniziato il suo lavoro e, arrivato a Ragusa, era stato ingaggiato presso un casino diventando un conteso mazziere. Aveva già messo da parte un bel gruzzolo, ma aveva deciso di fermarsi ancora. "La laguna può aspettare: devo approfittare della buona sorte."

Un giorno aveva ricevuto dal curato della parrocchia una lettera che, con poche parole, lo esortava a rientrare il prima possibile: «Vostra sorella abbisogna di aiuto. Non è cosa grave, ma è necessaria la vostra presenza. Vi spiegherò tutto quando sarete tornato a casa».

Cipriano, senza indugio, aveva deciso di lasciare Ragusa ed era salito sulla prima tartana diretta a Venezia. Nella sua mente, mille ipotesi, mille preoccupazioni.

Finalmente era arrivato e, trafelato, aveva aperto la porta di casa.

26

Bertina, in avanzato stato di gravidanza, era semisdraiata sulla vecchia ottomana. Due occhiaie scure circondavano i suoi occhi azzurri, il viso era pallido e triste, e i bei capelli insolitamente opachi e spettinati.

Cipriano era molto legato alla sorella: lei era l'unico legame affettivo rimasto e, capito l'*incidente* accadutole, sorridendo, l'aveva avvicinata. «Vedo che presto saremo in tre, ma niente paura: ora ci sono io! Perché non me lo avete detto prima? Mi sono preoccupato, temevo per voi.»

Piangendo, Bertina lo aveva interrotto: «Come potevo dirvi una cosa tanto grave? Sono stata così stupida. Non potrò mai perdonarmelo… Se questa creatura crescerà senza padre, la colpa è solo mia… Provo vergogna! Sono disperata!».

Cipriano durante il periodo che aveva trascorso fra i giocatori d'azzardo ne aveva sentite di storie, e la nascita di un bambino senza genitore non era certo la peggiore. «Quanti bambini ci sono senza padre? E io non conto nulla? Basta piangere! Alzatevi, pettinatevi, infilate una bella veste pulita, mettetevi in ordine e andiamo a fare due passi.»

Bertina, rincuorata dalle parole del fratello, aveva smesso di piangere, si era alzata e aveva seguito quei consigli.

Il parto era vicino e Bertina, con la presenza e l'aiuto economico del fratello, che aveva ripreso il lavoro alla locanda e al casino, aspettava quel giorno con serenità.

Sfortunatamente l'evento non era stato lieto. Bertina, dopo aver preso in braccio la sua creatura, aveva sussurrato: «La mia Zanetta… Sei bellissima… Questa macchia sparirà…». Poi aveva perso conoscenza e dopo poche ore era morta.

Cipriano, sconvolto, stringendo la mano della sorella le aveva fatto un giuramento: «Vi prometto, Zanetta non sarà mai sola, ci penserò io».

Con la neonata fra le braccia, aveva dato due stratte alla corda della campana del portone della Pietà.

Un ricco veneziano, un assiduo giocatore del casino, gli aveva consigliato di andare all'Ospedale dove sua zia, suor Pia, era la superiora. «Mi dite che il padre era un violinista. E se avesse ereditato il talento musicale? La Pietà è il posto giusto dove lasciarla, tutti sanno come le *putte* suonano e cantano! I loro concerti sono famosi!»

«Non voglio lasciarla definitivamente alla Pietà: ho promesso a Bertina che mi sarei preso cura della sua bambina... Non posso rinchiuderla per sempre e impedirle di vedere il mondo! Io voglio vederla! Lei non deve pensare di essere stata abbandonata. Quando avrà quindici anni, deciderà cosa fare» aveva spiegato Cipriano all'amico giocatore.

«Lascerò Zanetta qui, alla Pietà, ma quando avrà quindici anni sarà lei a decidere se restare, farsi monaca o uscire. Io pagherò la retta, perché non voglio essere colpito dalla maledizione e dalla scomunica del papa, quella incisa sulla lapide sopra la *cunetta*» aveva detto con fermezza Cipriano a suor Pia. «Ho fatto un voto!»

«Non è mai successo!» E dopo aver ben osservato quella rugosa macchia scura sul viso della neonata, la superiora aveva pensato: "Quando si guarderà allo specchio, deciderà di farsi monaca o, se avrà le capacità, starà a concertare con le *putte* dietro la grata... Non si unirà mai a un uomo con questo brutto difetto". «Va bene, accetto la proposta. Voi pagate la retta e, quando avrà l'età giusta, deciderà... Vedremo se saprà fare musica» aveva sentenziato la monaca. Sapeva di infrangere la regola, ma era sicura che quella *putta* non avrebbe mai lasciato la Pietà.

Suor Pia si era lasciata intenerire da quella situazione e aveva fatto oneste e rivoluzionarie considerazioni: "È giusto che le cose cambino. Come dice la Dolfin, nessuno di noi ha fatto una scelta, eravamo troppo piccoli...". "Sei fortunata ad avere uno zio che si prende cura di te" aveva pensato, poi, rivolgendo lo sguardo alla piccola.

27

Cipriano, soddisfatto dell'accordo stipulato con l'Hospitale, aveva ripreso la sua vita di mazziere.

Viaggiava e frequentava i casini delle più importanti città. Una volta era arrivato sino a Costantinopoli. Con gli zecchini guadagnati aveva comprato una locanda.

Quando gli era possibile faceva ritorno a Venezia e dedicava a Zanetta tutto il tempo che gli era concesso dal regolamento. Quella nipote era il suo vero affetto.

Zanetta aspettava lo zio, e il giorno che le era permesso di incontrarlo era per lei una gran festa.

Lui per l'occasione indossava il suo abito più elegante e con grande emozione l'aspettava in parlatorio e la riceveva a braccia aperte con un radioso sorriso.

Lei scendeva lo scalone di corsa e dimenticava il disagio che spesso l'accompagnava da quando aveva compreso il suo difetto. Non che alla Pietà non ci fossero altre *putte* colpite da imperfezioni: a Prudenzia erano rimasti i segni del vaiolo; Artemisia balbettava; Fosca era storpia; Candida era strabica... Ma quella brutta macchia! Quanto avrebbe voluto cancellarla!

All'Hospitale a volte provava anche il desiderio di uscire, di incontrare persone, di «vedere nell'orizzonte estremo il cielo scomparire nel mare».

Così affermava, spiegava, illustrava Cipriano.

Quale emozione avrebbe provato nel vedere il sole sparire nel mare? Stare su una barca e non distinguere i confini?

Istintivamente alzava gli occhi e dalle alte finestre delle grandi stanze vedeva un po' di luce. Nient'altro.

Cipriano conosceva i profumi e gli odori del mondo, lei solo quelli della cucina, dei ceri e dell'incenso.

Suo zio le aveva parlato dei suoi genitori, descritto Bertina, sua madre e lei molte sere si era addormentata con le loro immagini, create dalla sua fantasia per soddisfare il bisogno che provava di averli vicini.

Del padre non aveva conoscenza di nessun particolare ma le procurava gran consolazione pensare di assomigliargli. "Mio padre doveva essere come me, ne sono certa, provava certamente un gran piacere a suonare… io lo posso capire."

Un giorno i maestri di canto e di violino stavano percorrendo un lungo corridoio della Pietà quando alle loro orecchie era arrivato il suono di un violino accompagnato da una voce infantile, acuta e molto, molto intonata. Si erano fermati di scatto chiedendosi «Chi può essere?». Avevano raggiunto Zanetta che, sola e davanti a un'alta finestra, stava suonando un brano accompagnando un sonetto che non avevano mai udito. «Zanetta! Sei tu? Ma chi ti ha insegnato questo brano?» le avevano chiesto stupiti i due maestri. L'avevano vista con le putte seguire le lezioni ma, conoscendo la sua situazione, non le avevano mai riservato particolari attenzioni. Sorpresi dall'ingenua risposta «Non lo so… mi piace suonare e cantare», guardandosi avevano concordato: «Questa bambina possiede un vero talento. Dobbiamo parlarne ai governatori dell'Hospitale e inserirla nel *Choro*… Non possiamo escluderla dalle speciali lezioni di musica solo perché *forse* un giorno uscirà… e se invece decidesse di rimanere? Dobbiamo coltivare le sue doti, non possiamo perdere questo tempo».

La richiesta alle autorità, così ben motivata e seguita dalla dimostrazione delle capacità artistiche della bambina, era stata accolta e Zanetta aveva seguito le lezioni di canto e violino con le Putte.

Alla sua prima prova pubblica come violinista dietro la grata della chiesa della Pietà per la festa della Visitazione, Cipriano, con largo anticipo alla celebrazione del rito, aveva occupato un posto di fronte al pulpito. Nessuna cosa al mondo avrebbe potuto impedirgli di essere presente al tanto atteso debutto.

Aveva affrontato un lungo viaggio e rinunciato a giorni di lavoro per poter ascoltare la sua adorata Zanetta.

Cipriano aveva assistito all'accrescere della bravura della nipote come strumentista e come cantante e le ripeteva: «Zanetta tu non immagini quanto io sono contento e orgoglioso… sei la più brava, continua a studiare e diventerai un'artista. Lo sai che a Parigi le donne sono più libere e possono diventare famose come gli uomini?».

La osservava e pensava: "Mi assomiglia… è alta, snella e ha i capelli ricci come me… la musica, le mani lunghe, le dita affusolate sicuramente le ha ereditate da suo padre… ma il camminare a passo svelto è come quello di Bertina".

Zanetta ascoltava le sue parole ma poi finiva sempre col chiedergli: «Zio, facciamo una partita a faraone, siete così bravo… Come fate? Voi vincete sempre! Voglio imparare, spiegatemi. Vi prego, insegnatemi».

Come per magia, lui faceva apparire sul tavolo il mazzo delle carte. «Queste sono sempre con me» diceva facendo l'occhiolino alla nipote. Le disponeva e con pazienza, ironia e mezze frasi, a volte sussurrate perché non sempre le parole erano *candide*, poi le regalava qualche moneta. «Adesso la mano è tua» annunciava strizzando l'occhio sinistro.

Zanetta, sempre attenta, aveva imparato. «Sì, ora la mano è mia» rispondeva.

A volte riusciva a sbancare. Cipriano in quei momenti provava un gran piacere, si rallegrava e, divertito, rideva come non gli succedeva mai.

«Quando uscirai dalla Pietà faremo un lungo viaggio. Andremo a Ragusa, il primo posto che io ho visto: sono sicuro ti piacerà… È una bella città con grosse mura e strade strette. Tu potrai suonare per i signori e le signore nel ridotto, mentre io terrò il banco al casino.»

Zanetta ascoltava. In cuor suo si alternavano desiderio di vedere, di vivere fuori dalla Pietà e il timore di sentirsi sola, di non riuscire a inserirsi in un mondo che spesso le veniva presentato come insidioso, pieno di pericoli, non adatto per una giovane dabbene e sola. Pendeva dalle labbra dello zio e involontariamente il suo indice aveva sfiorato la chiazza scura sulla guancia.

In un attimo si era fatta triste e con gli occhi lustri si era messa a fissare una piccola macchia d'umidità sul muro. A Cipriano non era sfuggito quel cambiamento d'umore.

«Non devi mai preoccuparti per quella cosa che hai sul viso. Devi pensare a come sai suonare e cantare e poi, per fortuna, noi veneziani portiamo la *baùtta*» aveva detto con ironia.

La sua risata aveva dato sollievo a Zanetta che, con interesse, aveva ripreso ad ascoltare le tante notizie che sempre le suscitavano curiosità ed entusiasmo. Aveva voglia di vedere il mondo. Come suo padre.

Si avvicinavano i quindici anni. Zanetta era inquieta, combattuta fra l'entusiasmante desiderio di seguire lo zio, lasciare la Pietà, viaggiare e il timore di mutare la sua vita, di allontanarsi dalle *putte* e di doversi trasferire in un Campo dove non conosceva nessuno.

"Fare un lungo viaggio, incontrare tanti forestieri, persone eleganti…" Poi, rassegnata, spegneva il suo entusiasmo. "Ma io dovrò portare sempre la maschera…"

I giorni vissuti all'Hospitale erano stati addolciti dal prezioso rapporto d'amicizia che la legava a Prudenzia, una giovane più grande di lei, la prima maestra di musica che la piccola Zanetta aveva avuto insieme alle altre *putte*.

28

Prudenzia apparteneva a un'aristocratica famiglia veneziana ed era stata affidata alla Pietà, come spesso succedeva, sia per il viso butterato dal vaiolo sia per la disposizione alla musica, dimostrata sin da piccola.

Lo sfregio dei loro visi aveva suscitato fra le due giovani un'affinità di sentimenti che, rinsaldata dalla capacità artistica, era sfociata in un'intesa particolare.

Zanetta aveva confidato a Prudenzia il suo desiderio di diventare un'artista e di viaggiare come suo padre.

Prudenzia, dopo averla ascoltata, aveva risposto: «Io so che non uscirò. Non lascerò mai le *putte*, non posso fare a meno del flauto... La musica è tutta la mia vita».

Zanetta era diventata una delle più virtuose violiniste di Venezia. Difficile individuarla dietro la grata, perché come le *putte* indossava una divisa di colore rosso, ma, dopo le prime note che uscivano da quelle corde in modo tanto perfetto, tutti sapevano che a suonare era lei.

Tutti aspettavano quel prodigioso momento. Allora il silenzio assoluto prendeva possesso della grande sala e nessuno avrebbe osato violarlo. Sacrilegio infrangerlo. Gli spettatori attenti, estasiati, rapiti, ascoltavano.

Il brano finale, sempre interpretato dalla sua voce accompagnata dal flauto di Prudenzia, li mandava in visibilio e, in piedi, generosamente, le applaudivano. L'Hospitale non avrebbe mai voluto perdere Zanetta.

Lei era gratificata dai successi, le parole di Cipriano la seducevano e l'esempio della Dolfin le dava forza. "Con la musica ce la farò, supererò i limiti del mio aspetto."

Aveva compiuto quindici anni e lo zio l'aspettava in portineria per condurla in Campo San Luca.

«Come ti avevo promesso, verrai con me a casa mia... a

casa *nostra*… e, se vorrai, potrai restare, altrimenti sarai libera di tornare e diventare maestra di violino, qui alla Pietà. Prima, però, vorrei facessimo il viaggio di cui ti ho spesso parlato.» Poi l'aveva guardata. «Non sei curiosa di vedere cosa c'è fuori dal portone?» aveva detto, e si era messo sulle spalle la sacca contenente le cose della nipote.

Il portone si era aperto.

Zanetta, prima di varcare la soglia, si era girata per abbracciare la grande, semibuia e famigliare stanza. Aveva poi guardato lo scalone: sapeva dove portava e chi avrebbe incontrato se avesse salito quei bassi gradini consumati al centro. Il settimo era sbeccato e lei avrebbe dovuto rallentare la corsa per non inciampare. La tentazione era grande.

Era commossa. Inquieta. Turbata. Preoccupata.

Fatti tre passi, un vento fresco le aveva scompigliato la gonna e lo scialle. Il tempo di guardare davanti a sé e, al rumore del portone che si chiudeva alle sue spalle, aveva avuto un sussulto. Pensosa, si era voltata per ammirare l'imponente facciata e le piccole finestre.

Un profondo respiro e, sistemato il violino sulla spalla, si era messa al seguito di Cipriano.

Aveva fissato il cielo. Era scuro. Grandi nubi sopra la città si muovevano velocemente spinte da leggera brezza ma, l'estremo, basso e lontano orizzonte, che lei non aveva mai avuto la possibilità di vedere, era azzurro e blu.

Come i gabbiani cullati dalle correnti, volteggiando lentamente, mutano con rapidità direzione, così i tanti pensieri, che con forza pulsavano nella sua testa, cambiavano velocemente in intensità e peculiarità.

Notava donne eleganti, profumate, e altre malconce; uomini che faticavano e damerini che sostavano nei caffè; bambini che giocavano e altri che aiutavano adulti in lavori faticosi. E poi il cielo… e il mare.

Tante imbarcazioni erano dirette al porto; gondole e barchini solcavano il Canale e sparivano nei piccoli rii.

Parlate ad alta voce, risate, richiami, frasi allegre e imprecazioni. Come erano lontani i silenzi della Pietà!

La casa non la conosceva. "Chissà come sarà la mia vita?"

Cipriano aveva fatto l'impossibile perché la ragazza si abituasse alla nuova situazione. L'aveva accompagnata per la città e, con buon umore e naturale ironia, rendeva ogni giorno allegro e stimolante. Zanetta si copriva sempre il viso, ma in sua compagnia spesso non ricordava il perché.

Tante volte, dopo cena, Cipriano avvicinava la bùgia accesa, prendeva dalla profonda tasca dei suoi pantaloni il mazzo delle carte e le sistemava sul tavolo per una partita. Zanetta attendeva quel momento e, gioiosa, si sedeva di fronte.

Il gioco aveva inizio.

Le parole erano poche, ma la concentrazione tantissima.

«Ora la mano è mia.» E spesso batteva l'avversario.

29

Zanetta ogni giorno raggiungeva l'Hospitale per seguire le lezioni ed esercitare la voce. Il pomeriggio, nella sua nuova casa, faceva pratica anche con la tiorba, il nuovo strumento che da poco aveva iniziato a suonare.

La sua musica si inoltrava nelle calli del Campo e gli abitanti del *sestiere*, orgogliosi di averla come vicina, non potevano fare a meno di fermarsi per ascoltare. Ingentiliti, sorridevano, come sempre succede quando l'«armonica bellezza» abbraccia e sommerge.

Zanetta non solo seguiva le lezioni musicali alla Pietà, a volte con Prudenzia, altre *putte* e le *pecorelle*, ma si esibiva anche nelle Accademie, in concerti che si tenevano nelle prestigiose *ca'* dei patrizi veneziani, per raccogliere fondi per i diversi ospedali e per le Scuole della città. Come quello promosso e sostenuto dalla contessa Sofia.

Nel *sottopòrtego* di Campo San Luca, di fianco alla scala che portava alla casa di Cipriano, c'erano due stanze, buie e umide, usate come deposito di sacchi di juta da un commerciante di spezie e caffè. La porta era sempre chiusa e quando Zanetta vi passava davanti era infastidita dall'odore stantio che ne usciva. Una sera aveva visto dove il padrone nascondeva la chiave.

Il viaggio tanto atteso e desiderato era ormai prossimo.

«Zanetta, ho già preparato soldi, documenti e un abito nuovo: tutto quello che serve in un viaggio. E tu sei pronta? Ti piacciono i vestiti e lo scialle? Vedrai, sarai bellissima! Sono così agitato! E dire che non è la prima volta che lascio la laguna! Tu non sei eccitata?»

Zanetta aveva risposto: «Sì, molto». Ma non aveva aggiunto altro: non riusciva a esprimere il suo scompiglio.

Cipriano, quella sera, aveva messo sul tavolo non le carte da gioco ma una mappa, un po' stropicciata, comprata al ghetto. «Vedi? Andremo qui, ci fermeremo per un paio di giorni e dopo alcune tappe arriveremo a Ragusa» e con l'indice aveva segnato sulla carta la rotta che l'imbarcazione avrebbe dovuto percorrere. Zanetta, attenta, seguiva quel dito e ascoltava racconti dettagliati di luoghi, cibi e vestiti stravaganti.

Dopo poco, l'entusiasmo di Cipriano era svanito e, messa una mano sulla fronte, aveva mormorato: «Non sto bene... Mi sento la testa pesante come se avessi bevuto un fiasco di *refosco* o preso un colpo di sole... È meglio che vada a coricarmi: continueremo domani».

«Sì, vado a letto anch'io... Domani starete meglio.»

Se la notte per Zanetta non era stata tranquilla, a causa della sua apprensione per quel difficile brano che stava perfezionando con la tiorba, per Cipriano era stata un vero calvario. Un incubo. Non aveva chiesto aiuto, ma era stato malissimo. Ai brividi della febbre, sempre più intensi, si erano accompagnati forti dolori all'addome e conati di vomito.

«Avrò mangiato qualcosa di andato a male o bevuto acqua infetta» borbottava cercando di tranquillizzarsi.

Finalmente un po' di luce dalla finestra. Il mattino era arrivato, ma lui non stava ancora bene. "Non mi sono ripreso per niente... Mi pare di esser caduto dal campanile sulla Piazza: sento tutte le ossa rotte e questa nausea non se ne vuole andare... Non ho neanche il fiato per chiamare Zanetta... Mi sembra d'aver cent'anni..."

Proprio in quel momento Zanetta era entrata nella camera.

«Zio, come state?»

Le era bastato un rapido sguardo per capire la gravità della situazione.

«Vado a chiamare un dottore» ed era uscita di corsa senza

aspettare la risposta dal malconcio Cipriano.

«Sembra intossicazione» aveva sentenziato il medico, dopo aver guardato lingua, occhi, annusato l'urina e sentita la pancia dell'ammalato. «Dovete bere acqua bollita con miele, patate lesse e stare a letto. Ritornerò domani.»

Prima di uscire a bassa voce aveva detto alla giovane: «Temo sia grave e, se ciò che penso è vero, forse dovremo portarlo in un hospitale… State attenta, non usate gli oggetti che usa vostro zio… Meglio essere prudenti».

Cipriano era stato male per alcuni giorni e Zanetta lo aveva assistito con dedizione. Era trascorsa quasi una settimana e un mattino, con voce debole ma sguardo sicuro, mentre le stringeva un polso, aveva detto alla nipote: «Per il momento credo che il bel viaggio non lo faremo… Lo sento… Se non dovessi guarire, alza la tavola di legno, qui, sotto al mio letto, e troverai una cassetta di metallo: è tutta smaltata, l'ho presa a Costantinopoli e dentro ci sono dodici zecchini, dieci carlini e altre monete che ho risparmiato e vinto al gioco».

«Ma cosa state a pensare! Starete meglio, sono sicura.»

«Lo spero. Se ce la faccio tanto meglio, altrimenti fai come ti dico: nella piccola scatola dorata c'è una grossa ambra del Baltico e, se un giorno vorrai venderla, con gli zecchini che ti daranno riuscirai a fare molte cose. E poi c'è l'affitto della locanda: è tutto tuo. Tu sei la mia famiglia. Stai tranquilla. Pensa a suonare e a Parigi.»

Quello stesso giorno Cipriano si era aggravato e, dopo il delirio per la febbre altissima, era entrato in coma. Si era spento senza il più lieve lamento.

Per Zanetta era stato un forte dolore, ma non aveva voluto lasciare quella che ormai era la sua casa.

Aveva conservato gelosamente le carte da gioco e il vestito nuovo, il solino, la camicia coi polsini di pizzo, la parrucca, il tricorno, il bastone, le scarpe. "Un giorno potrebbero essermi

utili" aveva pensato e li aveva sistemati con cura nella cassapanca. Poi aveva guardato sotto il letto.

C'era tutto quello che suo zio aveva elencato.

"Lascio tutto qui, ben nascosto. Ora non mi serve niente.
Se avrò veramente bisogno, alzerò la tavoletta, ma per il momento devo dedicarmi allo studio, ai concerti… Lui mi ripeteva 'tu pensa a suonare, alla tua arte e pensa a Parigi!'".

A Zanetta era occorso molto tempo per riprendersi dalla
perdita di Cipriano. Salita la scala, apriva la porta e trovava la
casa vuota, non sentiva nessun profumo di cibo buono e la
premurosa voce familiare: «Bentornata… Una tazza di caffè?
È quello che ci vuole con questo freddo!». Oppure: «Che afa!
Avrai sete… Un po' di acqua e limone?». L'assenza dello zio,
il silenzio, la rendevano triste e spesso gli occhi traboccavano
lacrime.

Nessuno si prendeva più cura di lei, ma capiva di essere
stata fortunata dell'aiuto insostituibile che aveva ricevuto.
"Quanti sfortunati non hanno avuto un affetto?" si domandava
quando camminava nei pressi di un ospizio.

Il tempo aveva attenuato il gran dolore e l'impegno per lo
studio e le Accademie occupavano le sue giornate.

La musica era veramente la sua consolazione.

In quei giorni era molto presa per la scelta dei brani da eseguire all'evento che l'Ospedale stava pensando di realizzare
presso la casa della contessa Sofia.

30

Quel mattino stava proprio pensando ai brani quando, sceso l'ultimo gradino della scala, le era letteralmente piombata addosso una ragazzina. La fretta e il modo di guardarsi alle spalle dicevano che stava fuggendo.

Zanetta sorpresa l'aveva fermata. «Attenta! Cosa succede? Perché scappate?» le aveva chiesto appoggiando il violino sul selciato.

La ragazzina, che indossava un abito grigio non proprio della sua misura, aveva i capelli biondi stretti in due trecce e calzava due vecchie scarpe sformate, aveva alzato gli occhi arrossati come quelli di chi ha pianto tanto e, dopo essersi soffiata di naso, aveva risposto: «Vi prego, aiutatemi! Sono una disgraziata, non ho nessuno… Scappo perché non voglio stare all'Ospizio». Poi aveva abbassato lo sguardo e si era messa a fissare le pietre.

Zanetta, commossa da quelle parole, dopo un attimo di sconcerto, le aveva detto: «Venite». E, alzata una pietra, aveva preso la chiave del magazzino del commerciante. «State nascosta qui e, quando tornerò, mi racconterete. Adesso non piangete: troveremo una soluzione.» Infine, richiusa la porta, si era diretta velocemente alla Pietà.

Durante il tragitto e per tutta la mattinata non era riuscita ad allontanare l'immagine della ragazzina e pensava: "Oggi pomeriggio cercherò di aiutarla".

Al suo rientro, Zanetta, col cuore che batteva forte, era andata subito ad aprire la porta del deposito.

La ragazzina, seduta su un mucchio di sacchi, era più triste di quando l'aveva lasciata e aveva gli occhi ancor più arrossati.

«Come promesso, eccomi qui» si era annunciata Zanetta. «Non piangete… Ora andiamo a casa mia, mangiate qualcosa e poi mi raccontate… Non temete: vi aiuterò» le aveva detto con tono sicuro. «Come vi chiamate?»

«Grazie, siete troppo buona a occuparvi di me… Il mio nome è Marietta.»

Zanetta aveva replicato con modi rassicuranti. «Tranquilla, saliamo, mangi, ti rimetti in ordine, poi mi dici e insieme decideremo cosa fare.»

Lentamente, la ragazza l'aveva seguita senza replicare e, dopo essersi rinfrescata, seduta e saziata con un pane, del formaggio e una mela, aveva iniziato a raccontare.

Zanetta, seduta di fronte, l'ascoltava con interesse.

«Son proprio una poveretta, una disgraziata… Ma cosa ho fatto per meritarmi tutto questo? Sì, lo so, ho sbagliato, ma non pensavo a queste gravi conseguenze…»

«Marietta, coraggio… Se non mi dite tutto, non posso aiutarvi.»

«Anche mia madre è stata sfortunata come me… Io non ho conosciuto mio padre e mia madre è morta quando avevo solo un anno. Era stata ingannata da quel farabutto di mio padre che non si è più fatto vedere dopo che lei è rimasta incinta… Mia nonna mi diceva che era più vecchio di mia madre, che era un marinaio di Pellegrina e, una volta partito, non si è più saputo niente di lui… Forse è morto in mare o vive con i turchi… Chissà? Sono cresciuta a Burano con mia nonna che era una merlettaia…»

«Allora avrete imparato anche voi a fare il pizzo…»

«Sì, ma purtroppo mia nonna si è ammalata… Ve l'ho detto che sono sfortunata! E mi ha affidata a una famiglia di mercanti, qui di Venezia, e sono diventata la loro servetta. Avevano un garzone, Vito, che accompagnava sempre il padrone nei suoi viaggi: era un ragazzo, un poveretto come me… carino, biondo, snello, sempre di buon umore e mi faceva ridere… Quando c'era lui, io ero sempre contenta… Lui mi diceva: "Sei carina, metti un bel nastro come fanno le altre ragazze". Una volta me ne ha regalato uno di seta, color verde. Quando il padrone arrivava accompagnato da Vito, io ero molto contenta… La padrona, però, era molto severa: non voleva che io ridessi o cantassi. Quando c'erano Vito e il padrone, in casa c'era allegria, si mangiava e si scherzava, ma gli altri giorni… E quella domenica i padroni erano andati a Mira…»

A quel punto Marietta si era fermata e, pensosa, guardava le sue mani: prima le aveva abbandonate sulle ginocchia, ma poi con forza le aveva strettamente intrecciate.

Un sofferto sospiro. Aveva alzato gli occhi e lo sguardo dolce di Zanetta le aveva dato la forza per continuare. Non aveva mai confidato a nessuno la sua storia, le sue vicissitudini e non avrebbe mai pensato di poterlo fare con una persona appena incontrata.

Zanetta, però, non solo ascoltava, ma pensava e rifletteva.

«Ero sola in casa, la padrona mi aveva ordinato di rassettare e pulire i vetri… Dopo circa un'ora, qualcuno ha bussato alla porta. "Apri, Marietta, sono Vito." Io ho aperto e lui, tutto allegro: "Oggi siamo soli e possiamo farci compagnia! Mangeremo un boccone senza che nessuno ci dica di fare in fretta… Oggi siamo liberi!". Vito mi ha aiutato a sbrigare le faccende e, dopo aver mangiato, ci siamo seduti sulle poltrone in salotto, come fanno i signori… Poi si è avvicinato e ha cominciato dirmi che ero molto carina, che gli piacevo… e, gentile, mi ha accarezzato i capelli, mi ha dato piccoli baci… Io ero un po' stupita: non avrei mai pensato che sarebbe stata una giornata così… diversa. Mi piaceva essere accarezzata. Nessuno mi aveva mai detto delle belle parole e così, senza che io capissi cosa stesse veramente succedendo, mi sono trovata fra le sue braccia. Che stupida! Nessuno mi aveva spiegato cosa può accadere a due poveri sciocchi.» Marietta aveva cominciato a singhiozzare e a farfugliare. «Il tempo passava, i signori sono arrivati e noi eravamo sul divano a coccolarci…

Il mio vestito era sul pavimento… Che vergogna! "Ma cosa succede? Spudorata! E tu cosa fai qui? Delinquente!" ha urlato la padrona. E, rivolgendosi al marito: "Pensate un po' che razza di gente abbiamo preso in casa nostra! Due depravati! Scostumata!" e tante altre parolacce. Il padrone era arrabbiatissimo. "Dopo tutto quello che ho fatto per te! Sei un avanzo di galera! Qui, in casa mia! Ti trattavo come un figlio" e ha preso Vito per il colletto della camicia che stava infilandosi. "Non finisce qui!" Ma Vito è sfuggito con uno scatto alla stretta e in un baleno, di corsa, aveva infilato la porta. Nessuno l'ha più visto. "Tu non rimani in questa casa onorata un minuto di più! Vieni subito con me, ti porto dal parroco e ci penserà lui a portarti nel posto giusto per quelle come te!" ha urlato la padrona… "Svelta, vai a prendere le tue cose." Era furiosa. Ero come un uccellino di fronte a un gatto. Lei, davanti, impettita… se fosse stato possibile dalla sua bocca sarebbero uscite lingue di fuoco, come un drago infuriato e avrebbe bruciato tutto quello che incontrava… Io, dietro, sembravo un agnellino portato al macello.»

Zanetta provava una gran pena. Era commossa.

Marietta non piangeva più, ma, raccontando, esprimeva tutta l'angoscia per la sorte che altri le avevano assegnato.

«Il prete, dopo aver ascoltato la signora, ha detto: "Ci penso io, non preoccupatevi: la porterò all'Ospizio, poi si vedrà cosa fare… Possiamo mandarla in terraferma, ci sono tanti posti dove serve l'aiuto di una giovane". Era presente la perpetua che, accigliata, assentiva e con lo sguardo mi condannava. Così mi hanno portata alle Zitelle, dove ho scoperto di essere incinta.» Aveva di nuovo preso a piangere. «Mi hanno detto che il bambino dovrò lasciarlo all'Ospedale e che io andrò a Vicenza a servire gli ammalati, ma io non voglio lasciare il mio bambino! Stamattina, mentre andavamo a Messa, ho visto il portone aperto e sono scappata. Non sapevo dove andare, ma meglio finire in un canale che rimanere lì! Ora sapete tutto… Aiutatemi!»

Zanetta, dopo un momento di silenzio, si era avvicinata alla ragazza e l'aveva rincuorata: «Non temere: farò tutto il possibile perché questo non succeda… Sono convinta di poterti aiutare. Ora resta qui: ci penso io». E, dopo essere andata nell'altra stanza e aver sollevato la tavoletta sotto il letto, si era messa uno scialle sulle spalle ed era uscita raccomandandole: «Non aprire a nessuno!».

Aveva raggiunto la casa della madre di Prudenzia e le aveva raccontato con accorata partecipazione la triste storia di Marietta.

«Vorrei aiutare quella poverina. Grazie a mio zio Cipriano, che mi ha voluto bene, io ho avuto una casa… sarei una misera creatura, non avrei saputo niente dei miei genitori, senza di lui… Lasciare il suo bambino, povera ragazza! Io posso aiutarla per un breve periodo ma, quando il bambino sarà nato, la ragazza dovrà avere un lavoro, un posto dove vivere e dove lasciare il neonato.»

La signora, dopo averle prestato attenzione, l'aveva rassicurata. «Certo, dobbiamo aiutarla. Andrò alle Zitelle: questa *putta* non deve fare una triste fine.»

Zanetta le aveva consegnato gli zecchini perché Marietta potesse essere assistita sino al momento del parto. La proposta era stata accolta e il denaro ben accettato. Non poteva essere altrimenti.

Zanetta aveva accompagnato Marietta. «Verrò a trovarti spesso. Devi avere fiducia: andrà tutto bene.»

31

Un pomeriggio Zanetta, Giacometto, Marco e Poldina, due fratelli musicisti, terminata un'Accademia a San Pantalon, dalla navata contemplavano e commentavano, col priore della confraternita, il maestoso soffitto. «È la tela dipinta più grande del mondo: è strabiliante! Le colonne sembra stiano crollandoci sulla testa! Incutono timore, paura… un'opera ciclopica, davvero incredibile!»

Il gruppetto, con stupore, continuava ad ammirare la grandiosa impresa di Antonio Fumiani, quando Giacometto, con discrezione, si era rivolto a Zanetta.

«Ho saputo che anche voi avete desiderio di esibirvi fuori Venezia e io sto giusto pensando a un concerto in Francia… Vorrei debuttare a Parigi. Potreste unirvi a noi, che ne dite?»

«Mi cogliete impreparata, ma la proposta mi lusinga. Dovremo parlarne con calma, perché è una scelta molto importante» aveva risposto Zanetta piacevolmente sorpresa.

«Allora non rifiutate! Sono davvero onorato. È da tempo che ci penso. So che vi esibite spesso con Prudenzia ma, poiché lei non potrà mai lasciare la Pietà e io suono il flauto, a Parigi potremmo eseguire noi due dei brani del vostro repertorio. Ora le donne possono esibirsi nei teatri: non è più necessario ricorrere ai sopranisti e voi, lasciatemi dire, possedete una voce incantevole. Scusate se insisto, ma sono certo che potremmo realizzare con successo questo mio progetto… sarà straordinario!»

«È una proposta fantastica! Quasi non ci credo… Ne parleremo più avanti: ora ho un serio impegno… Chiedo scusa, devo lasciarvi. Ci vedremo presto, promesso» aveva risposto Zanetta e velocemente era uscita.

Attraversato il Campo si era diretta a casa e, a causa del forte vento, si era coperta il capo con lo scialle. Entusiasta delle parole di Giacometto pensava: "Mi sembra di sognare! Si avvera il mio desiderio di andare oltre la laguna… Potrò seguire le orme di mio padre e realizzare il sospirato progetto di Cipriano! Se fosse qui… Una donna che può andare a Parigi a suonare e a cantare… La Dolfin non ha lottato invano! Ora le cose stanno cambiando… Non c'è artista che non voglia andare a Parigi. Dicono che là ci sia *il nuovo, la libertà*. E pensare che avrei potuto rimanere chiusa alla Pietà… Certo, non sarà facile, ma devo tentare: la musica è la mia vita…". Sorrideva, incurante dei passanti e di quello che la circondava. Non aveva guardato il cielo.

Uno scroscio improvviso l'aveva portata alla realtà.

"Piove? Questa proprio non ci voleva! Ancora tre ponti… Non so dove poter trovare riparo e sono già fradicia!"

Zigzagando, onde evitare scontri, si era messa a correre e non si era nemmeno preoccupata della mascherina che, doppo un breve volteggio, era caduta in una pozzanghera.

32

Giacometto era un uomo di venticinque anni, piuttosto minuto, non bello, con un naso aquilino pronunciato e le labbra sottili. Gli occhi, neri come i capelli, erano piccoli e attenti. Era leggermente claudicante e molto timido. Era educato, gentile, amava vestirsi alla moda e aveva una profonda cultura musicale e letteraria.

Era nato a Caorle e si era avvicinato alla musica quasi per caso: sua madre, per distrarlo dalla noia della lunga convalescenza dopo una seria malattia, gli aveva dato un vecchio zufolo. «Questo era di mio fratello Zàni. Lui è morto di vaiolo quando io ero una bambina… È un ricordo. Vedi? Lo tengo avvolto nel velluto… Non devi romperlo!»

Giacometto lo aveva usato come giocattolo e, poiché dopo la malattia era rimasto un bambino gracile, spesso, seduto sulla soglia mentre guardava i vivaci giochi dei suoi coetanei, usava il suo tempo cercando di far uscire da quei fori note intonate accompagnate dalla sua bella voce.

I vicini, che all'inizio lo avevano sentito cantare e *pifferare* senza interesse, col passar del tempo avevano capito che possedeva una voce particolare. Ne avevano parlato al maestro di cappella della cattedrale il quale, dopo averlo ascoltato, lo aveva inserito nel coro delle voci bianche che accompagnavano le solenni cerimonie.

Giacometto era diventato la voce bianca più importante e, se i canoni musicali, le regole, non fossero cambiati, ai suoi genitori avrebbero proposto di farne un sopranista.

I tempi, però, per fortuna erano mutati e la sua voce aveva potuto seguire la sua naturale trasformazione. Giacometto non era più una voce bianca e, non potendo più fare parte del peculiare *choro* si era dedicato con serio impegno allo studio del flauto.

Nel frattempo, la sua famiglia si era trasferita alla Giudecca.

Suo padre, per motivi di salute, aveva dovuto rinunciare all'attività di pescatore e con la caorlina portava merci dal porto alle botteghe affacciate sui piccoli rii; sua madre lavorava presso una locanda. I soldi guadagnati servivano per pagare al ragazzo sia capi di vestiario eleganti che lei comprava al mercato dell'usato, sia le lezioni di musica che riceveva da un anziano flautista. Giacometto era un allievo modello e il vecchio maestro si era prodigato per presentarlo a concertisti che si esibivano nei teatri e nei luoghi preposti della città.

Il giovane lentamente si era affermato come flautista e a volte si esibiva nelle Accademie sostenute dalle Scuole o dagli Hospitali, accompagnato da *putte* e *pecorelle*.

Un pomeriggio, dopo un evento, fra i benefattori aveva conosciuto Tomà, che lo aveva invitato al casino da lui frequentato e gli aveva confidato: «Io e la mia Norina studiamo il francese perché vogliamo fare un viaggio a Parigi e rimanere *dans la ville lumière, la ville plus moderne, plus élégant que tout le monde*, almeno un mese!».

«Anch'io spero di andarci: ho un progetto che vorrei realizzare e, se vorrete, ve ne parlerò nei suoi dettagli.»

Giacometto era poi andato al casino e nel ridotto aveva conosciuto Norina, Zuliàn e Cecchina. Era stato colpito dalla bellezza e dall'eleganza delle due dame e con la nuova compagnia aveva trascorso un piacevole pomeriggio.

Aveva esposto a Tomà e Norina il suo programma parigino e loro si erano dichiarati disponibili per unirsi a lui e agli altri artisti durante il lungo viaggio oltralpe. Dopo quel primo incontro, quando gli era possibile, con piacere si univa alle due coppie per scambiare opinioni sulle novità artistiche proposte dai teatri. Ascoltava divertenti indiscrezioni e pettegolezzi mondani, ma non aveva mai giocato al casino. "Non posso rischiare di perdere soldi, non voglio rinunciare al mio progetto" pensava.

33

Zanetta, ansante, inzuppata e senza mascherina, aveva girato la chiave nella toppa ed esclamato: «Finalmente!».

Appoggiato con delicatezza sul tavolo l'astuccio, l'aveva aperto e, accertato che il suo amato strumento non avesse subìto danni, si era sfilata gli indumenti bagnati e aveva asciugato i capelli. Mentre si rivestiva, stupita, quasi incredula, pensava ancora alle stimolanti parole di Giacometto, ma con onestà sapeva che prima doveva aiutare Marietta.

Aveva già messo da parte un discreto gruzzolo. "Il giorno del parto si avvicina e io devo tentare ancora per poterle dare altro danaro, così potrà affittare due stanze, andare a lavorare e pagare la retta a un ospizio per il suo bambino sino a quando sarà cresciuto. Non dovrà rinunciare alla sua creatura! Sistemata la *putta* penserò a Parigi: la proposta di Giacometto mi attrae… potrò realizzare il sogno di mio zio, sarebbe stato felice… ma anche lui avrebbe aiutato quella *putta*: è sempre stato generoso!"

Era ormai buio, la pioggia cadeva sottile, silenziosa e il vento era quasi cessato. Zanetta, dopo una tazza di latte caldo, prima di andare a letto aveva provato un brano. "Domattina devo andare alla Pietà e nel pomeriggio da Marietta… Chi l'avrebbe detto che oggi a San Pantalon sarebbe accaduto tutto questo? Quando le cose devono succedere, succedono, avrebbe detto lo zio Cipriano."

Zanetta si faceva molte domande, era combattuta. "Come posso affrontare questa incredibile avventura? Ci riuscirò? Chi organizzerà tutto? Dovremmo farci aiutare… Devo essere certa di non farmi coinvolgere in un imbroglio… Chiederò alla madre di Prudenzia: loro conoscono tutti e sapranno consigliarmi e aiutarmi. Anche i famigliari di Lucietta viaggiano spesso, conoscono il mondo e i suoi fratelli sono già andati a

Parigi… La contessa Sofia! A lei devo chiedere! Ha tante conoscenze in quella città e saprà rassicurarmi… Domani, non
vedo l'ora, confiderò a Prudenzia la novità che mi ha proposto
Giacometto. Lei è scrupolosa… Ah, se ci fosse lo zio! Non
avrei alcun problema… Ma devo farcela! Non posso rinunciare solo perché sono una donna… Domani alla Pietà sentirò
il parere di Prudenzia."

34

Giacometto aveva indugiato col priore di San Pantalon: la chiesa aveva altre opere artistiche da mostrare. La più venerata era la cappella del Sacro Chiodo.

«Fermatevi con noi per la cena: c'è un tempaccio! Ha già iniziato a piovere» aveva detto il priore.

Giacometto, pensando al suo elegante vestito damascato di un bel colore blu e alle sue delicate scarpe di velluto nere, aveva accettato volentieri. «Vi ringrazio, ma non vorrei incomodarvi. Appena smetterà di piovere, toglierò il disturbo… Domani sarò molto impegnato.»

Si erano fermati in sacrestia e, dopo aver parlato di musica, Giacometto aveva illustrato al religioso il suo progetto parigino e sottolineato: «Certo, partirò solo quando avrò un programma ben definito e un contratto che dia sicurezza… Non solo a me, ma anche a tutti gli altri artisti… Ah! Dimenticavo! Verranno anche il *sior* Tomà e Norina!».

«Oh! Bene, bene! Li conosco. Li ho incontrati un giorno a casa della contessa Sofia. Lui è un galantuomo, un benefattore… Sono certo che presto anche loro si uniranno nel sacro vincolo del matrimonio… Mi permetto di darvi un consiglio: parlatene alla contessa. Lei saprà darvi buone indicazioni, ha tante conoscenze e tutte di ottima reputazione. Be', questo è fuori discussione. Chiedete.»

«Lo farò. Vi ringrazio dei consigli. Vedo che ha smesso di piovere, perciò tolgo il disturbo.» E, dopo un inchino e un cenno di baciamano, aveva lasciato San Pantalon.

Era soddisfatto del favore che il pubblico con ripetuti applausi aveva dimostrato al concerto, ma la contentezza maggiore l'aveva provata sentendo le parole di Zanetta.

"Quasi non ci credo: Zanetta verrà a Parigi! Non avrei potuto trovare un'artista migliore! Farò visita al *sior* Tomà e lui

parlerà alla contessa Sofia… Splendido! Sarà un viaggio favoloso!" Così ragionava Giacometto soddisfatto.

35

Quella notte, Zanetta aveva dormito pochissimo. Era agitata, euforica. L'idea di partire, di andare a Parigi con altri artisti, di esibirsi in luoghi sconosciuti e frequentati da gente che si esprimeva in un'altra lingua la esaltava, ma allo stesso tempo la intimoriva. "Ancora una volta devo superare una prova, cambiare i miei ritmi, vivere in luoghi che non conosco con persone estranee… Per fortuna domani sentirò Prudenzia… Questo benedetto giorno non arriva mai!"

Finalmente dalla persiana era filtrata un po' di luce.

Sbrigate poche faccende, agile aveva sceso la scala e col cuore che batteva forte aveva raggiunto la Pietà. Aveva cercato l'amica e, appena intravista, veloce, l'aveva raggiunta esclamando: «Finalmente posso parlarvi! Ho davvero urgente bisogno di un vostro consiglio».

«Dalla vostra espressione capisco che vi è capitata una cosa bella. Venite, andiamo nella sala della musica: a quest'ora non c'è nessuno.» Insieme, silenziose e a passo svelto avevano raggiunto la grande stanza.

Zanetta non si era ancora accomodata che aveva iniziato a raccontare all'amica ciò che le era successo il giorno prima e aveva terminato col confidarle le sue titubanze.

«Ora sapete tutto e solo voi potete aiutarmi a prendere una saggia decisione, perché, non lo nascondo, mi sento come un cocchiere che, di fronte a un bivio, si domanda quale strada deve scegliere, in quale direzione andare.»

Prudenzia, dopo aver riflettuto un attimo e aver fatto alla giovane qualche domanda, aveva espresso la sua opinione. «Giacometto è un artista affermato, un uomo onesto e non penso voglia avventurarsi nel buio. Lui conosce mia madre e la contessa Sofia, perciò affidatevi a loro: non sbaglierete. So quanto voi desideriate andare, come vostro padre, quindi non lasciatevi dominare dalla paura. Il mondo sta cambiando e voi potreste rimpiangere questa occasione.» Poi aveva aggiunto, sorridendo: «Siete una ragazza assennata e ve la caverete benissimo. Quanto alle vostre capacità artistiche, non avete da temere: sarà un successo… Appena sarà possibile, ne parlerò a mia madre e lei certamente farà il possibile per farvi aiutare dalla contessa. State tranquilla». E, dopo averle stretto una mano, aveva affermato: «Ora andiamo, il dovere ci aspetta. Io non potrei mai lasciare la Pietà…».

Zanetta, rincuorata dalle parole dell'amica, l'aveva ringraziata e si era avvicinata al leggio. Sebbene fosse triste per la sua condizione, con entusiasmo aveva accordato il suo strumento. Terminati gli esercizi al violino, aveva accompagnato un gruppo di *putte* in un madrigale e, dopo essersi esercitata anche con la tiorba, in seguito a una breve interruzione per il pranzo, aveva raggiunto Marietta.

«Non potete immaginare quanto sono contenta di vedervi!» aveva esclamato la ragazza, vedendola arrivare. «Vi aspettavo» e con trasporto si era stretta a lei.

Zanetta a quelle effusioni si era commossa. «Anch'io son contenta di vedervi, vi trovo in buona salute e fra non molto sapremo se sarà maschio o femmina. Cercherò di aiutarvi ancora.» Dopo un po' di chiacchiere, l'aveva salutata con un abbraccio. «Tranquilla, andrà tutto bene.»

"Devo assolutamente tentare di procurarmi altro danaro" pensava Zanetta, mentre entrava nella chiesa dell'Angelo Raffaele. Aveva saputo dell'esistenza di quella chiesa quando era bambina da una suora della Pietà: «Quando un bambino deve venire in questo mondo, dobbiamo invocarne la protezione all'Angelo Raffaele e tutto andrà bene. Tutti noi abbiamo un angelo che ci custodisce, ci protegge». Non aveva mai dimenticato quelle parole ed era arrivato il momento d'invocare l'Angelo perché stendesse le sue ali sul bambino di Marietta.

Dopo aver osservato la navata e i soffitti, aveva acceso un

cero e si era raccolta in una accorata preghiera per Marietta e per il bambino che doveva nascere.

La giornata stava volgendo al termine.

Zanetta era tranquilla. Le parole di Prudenzia le avevano dato sollievo e la visita a Marietta l'aveva resa ancor più determinata nel tentare di aiutarla. C'erano tutti i presupposti perché il suo *sogno parigino* si realizzasse.

Quella notte aveva dormito profondamente.

Prudenzia non si era dimenticata della promessa fatta all'amica Zanetta e pochi giorni dopo quell'incontro si era presentata l'occasione di parlare con sua madre, la quale si era resa disponibile ad aiutare la giovane artista. Dopo un paio di settimane si era recata alla casa della contessa Sofia per chiederle consigli.

«Mia cara, conosco questo progetto perché proprio ieri è venuto il *sior* Tomà con la sua Norina e anche loro mi hanno posto le stesse domande. Fra alcune settimane mi raggiungeranno amici provenienti da Parigi e, allora, sarò in grado di riferirvi le ultimissime… Sapremo cosa sta accadendo Oltralpe. Conosco il flautista Giacometto e mi sembra che l'idea che ha avuto di portare un gruppo di musicisti *dans la grand ville* sia non solo ammirevole, ma da sostenere… Avessi qualche anno di meno non esiterei un minuto a unirmi a loro! *Il sera fantastique!*»

Anche Giacometto aveva voluto parlare di persona alla contessa: aveva domande peculiari da farle. Voleva avere notizie sui teatri parigini e su chi poteva contare per non incorrere in situazioni ambigue o pericolose.

«Non temete, avrete tutto il mio appoggio… Non partirete senza avere nome e indirizzi di persone che potranno consigliarvi… *Ayez vous confiance.*»

Il giovane, rincuorato dalla disponibilità e dalle parole dell'aristocratica dama, si era sentito leggero, felice come un ragazzino che si reca al suo primo appuntamento.

La vacanza veneziana di Lucietta stava ormai finendo. Ancora pochi giorni, poi avrebbe fatto ritorno a Padova. Tornava nella sua confortevole casa con piacere, sebbene fosse anche un po' triste, ma il suo cruccio era quello di non aver più incontrato il giovane che aveva visto quel pomeriggio al ridotto.

Era attraente, dal portamento elegante, ma quella maschera! Non le aveva permesso di vedere il naso, la bocca... Solo per pochi secondi aveva incrociato il suo sguardo.

Lei continuava a pensarlo, a chiedersi: "Chi sarà? Se potessi incontrarlo un'altra volta non lascerei che svanisca nel nulla! Lo seguirei e, al bando le benedette buone maniere, gli rivolgerei la parola... Sì, questa volta gli parlerei... Vorrei tanto sentire la sua voce: sarà certo bellissima e potrei apprezzare un suo bel garbo...".

«Prima di partire vorrei tanto salutare due dame davvero gentili: Cecchina e Norina. Grazie a quest'ultima ho trovato il coraggio di leggere le mie poesie con le pecorelle...» Con queste parole supplichevoli Lucietta si era rivolta alla madre di Prudenzia. Avrebbe fatto carte false pur di avere la possibilità di tornare al ridotto. "Devo tentare: forse tornerà a giocare e potrei incontrarlo."

La sua richiesta era stata ascoltata e accolta. La madre di Prudenzia era riuscita a consultare il *sior* Tomà che a sua volta si era accordato con Zuliàn e quindi Cecchina. La presenza di Norina era scontata.

L'appuntamento al casino era stato fissato per il pomeriggio del giovedì della settimana seguente.

"Oggi è venerdì, ancora sei giorni" aveva pensato Lucietta con speranza, ma provava anche una certa tristezza per il suo soggiorno veneziano che stava per finire.

La sua mente, i suoi pensieri più intimi in quei giorni erano tesi al tanto atteso pomeriggio. Aveva provato più di una volta l'abito che avrebbe indossato, abbinandolo a scialli di diversi colori. Anche gli orecchini e gli anelli d'oro erano stati oggetto di un'attenta cernita.

Immaginava.

Lei seduta sul divanetto vedeva entrare il giovane… lui, questa volta notandola, si fermava e la guardava.

"Sarà un momento bellissimo. Io gli farò un cenno di sorriso e quando uscirà dal casino lo seguirò. Questo è sicuro, ho deciso: lo seguirò!"

Era tanto presa dalla speranza della realizzazione di quell'evento che aveva trascurato la lettura e non l'aveva nemmeno sfiorata l'idea di scrivere due versi.

Finalmente il pomeriggio del sospirato giovedì era arrivato.

Lucietta non aveva mai dedicato tanto tempo alla sua *toilette*.

Indossato l'abito di seta color verde smeraldo, le scarpe nere, le calze di seta bianche come lo scialle e gli orecchini d'oro con le grosse malachiti, si sentiva pronta per raggiungere il ridotto.

Erano arrivati Tomà e Norina e con loro, ragionando su argomenti abbastanza futili, aveva raggiunto il ridotto dove, su un comodo divano, c'erano già Cecchina e Ziuliàn.

Poi i due uomini erano entrati nel casino a giocare a faraone e le dame, sorseggiando un buon caffè, si erano messe a parlare dell'ultima rappresentazione al teatro San Luca.

38

Lucietta non era molto coinvolta. Non solo perché non conosceva le persone delle quali si parlava, ma anche perché la sua attenzione era rivolta alla porta che dava sul Campo. Di fronte c'era una grande specchiera nella quale controllava la sua immagine e di tanto in tanto risistemava una ciocca che giudicava fuori posto.

Era talmente concentrata sui suoi pensieri che non aveva notato il pallore di Cecchina e la sua strana tosse.

Il tempo trascorreva e lei continuava a fissare la porta. Erano entrati due anziani signori e dopo un cenno di saluto, frettolosamente, erano andati a giocare.

Lucietta si stava rassegnando. "Non verrà… Rientreranno il *sior* Tomà e il *sior* Zuliàn, mi accompagneranno a casa e io non saprò mai chi è, non vedrò il suo viso… Fra pochi giorni dovrò tornare a Padova e chissà quando e se potrò rivedere Venezia… Che delusione! Certo, sarebbe un vero miracolo se proprio oggi quel bel giovane venisse a giocare in questo casino… Quasi sicuro non succederà…"

Cecchina e Norina stavano parlando e sorridevano.

«Lucietta, oggi non siete di buona compagnia… Non vi sentite bene?» aveva chiesto a un certo punto Norina.

«Sono certa che la nostra giovane è seria e silenziosa perché patisce già la nostalgia di Venezia… È così, mia cara? È questo che vi rattrista? Vi capisco, ma non è detto che non possiate tornare… State tranquilla, noi vi aspetteremo» aveva detto con tono affettuoso Cecchina, prima di essere colta da un insistente tossire.

«Amica mia, come vi siete procurata questo fastidio?» aveva domandato Norina con una certa preoccupazione.

Cecchina aveva risposto: «Credo di avere preso freddo lunedì. Vi ricordate? Nel pomeriggio pioveva e io stupidamente sono uscita per una commissione senza il parapioggia pensando: "Sono solo due gocce". Avevo uno scialle, a dire il vero un po' leggero, e ho usato quello per ripararmi la testa. Quando sono arrivata a casa ero tutta bagnata, soprattutto i capelli, e ho sentito un gran freddo per tutta la notte. Al mattino ho provato un certo malessere e poi ho cominciato a tossire... Mi passerà... Fra un paio di giorni, vedrete, starò di nuovo bene».

«Certo, non dovete preoccuparvi, mia madre per chi ha la tosse, prima di andare a letto, prepara una tazza di latte caldo con un bel goccio di brandy. Provatelo anche voi e domani starete meglio» aveva consigliato Lucietta.

39

Dopo quella parentesi la giovane aveva di nuovo rivolto la sua attenzione alla porta. Ormai non ci sperava più, quando… Non poteva credere ai suoi occhi! Per un attimo aveva ritenuto di sognare.

"Ho tanto pensato a lui che ora lo sto vedendo! Sto fantasticando… è un'allucinazione…"

Incredibile! Alla porta c'era il giovane tanto atteso!

Lo stesso abito, lo stesso cappello…la stessa mascherina!

Lucietta aveva guardato le altre, ma loro continuavano a chiacchierare. Non avevano notato il gentiluomo che, dopo aver appeso il cappello e rivolto un rapido sguardo alle tre dame con un lieve sorriso, era entrato al casino.

Nessun pittore sarebbe riuscito a immortalare su una tela tutte le espressioni che, quasi simultaneamente, il volto di Lucietta manifestava. Sorpresa, meraviglia, stupore. Sconcerto è dire poco.

Era sbalordita, incredula, confusa, turbata, ma felice. Nel suo animo mulinavano entusiasmo, euforia, smania di dire, di fare. Una grande eccitazione accompagnava i suoi pensieri. "Non ci speravo più… il mio desiderio si sta realizzando! Devo stare pronta: quando esce, voglio seguirlo, parlargli, sentire la sua voce, sapere il suo nome… Chissà quanto tempo rimarrà ancora a giocare…"

Cecchina e Norina avevano notato che la giovane era arrossita e aveva un'espressione un po' distratta, ma non avevano associato quello all'apparizione del giovane.

Lucietta aveva cercato di superare la sua fragilità cercando di calmarsi e, dimostrandosi disinvolta, ascoltava e assentiva a ciò che le altre dicevano. Intanto si era spostata per poter meglio veder la porta del casino.

Il tempo era immoto. Come un camaleonte, immobile e

teso aspetta la sua preda, così Lucietta aspettava il giovane. Come un gatto accovacciato davanti al piccolo buco con gli occhi apparentemente chiusi, non è rilassato, non si predispone alle fusa, ma al balzo con la schiena arcuata per dare maggior potenza alle sue zampe e non lasciarsi sfuggire dalla stretta delle unghie il topo che con cautela spera di uscire inosservato dalla sua piccola tana, così Lucietta, fingendo indifferenza, era pronta ad agire appena si fosse aperta la porta del casino.

Finalmente, parlottando fra loro, erano apparsi Tomà e Zuliàn, poi un anziano signore e alla fine il giovane.

I primi si erano avvicinati alle dame.

«Mie care, non potete immaginare… Un pomeriggio incredibile…»

Avevano appena iniziato a parlare, quando Lucietta si era alzata.

«Scusatemi…» aveva accennato, e come un folletto era uscita inseguendo l'atteso sconosciuto.

Norina e Cecchina erano tanto desiderose di conoscere ciò che era accaduto, che non avevano avvertito, non avevano fatto attenzione all'uscita della giovane amica.

«Dite, raccontateci» aveva detto con sincero interesse Cecchina.

E Norina aveva rimarcato: «Sì, siamo curiose… Visto che noi non possiamo entrare… Dal vostro viso si direbbe che è stato un pomeriggio molto interessante!».

«Interessante è dir poco… Ora vi raccontiamo! Stavamo iniziando una nuova puntata quando è entrato un giovane e, con fare disinvolto, si è inserito nel gioco rischiando una discreta somma… Non sappiamo spiegarvi come possa essere successo, ha vinto!» aveva esclamato Zuliàn.

«Il bello è che dopo essersi fermato per due puntate ha messo sul banco un bel gruzzolo. Noi eravamo ansiosi ma, stupendoci, ha perso» aveva aggiunto Tomà.

Cecchina e Norina ascoltavano con molta attenzione. «Spero abbiate vinto voi…» aveva aggiunto speranzosa Norina.

«Mi spiace, ha vinto un signore che noi non conosciamo.»

«Ora, mie care, sentite il seguito e resterete stupite» aveva aggiunto Zuliàn. «Il giovane, dopo esser stato fuori dal gioco per quattro puntate, ha messo sul tavolo molti zecchini e l'ho sentito bisbigliare sottovoce: "Adesso è mia". Sorprendendo tutti, ha fatto saltare il banco! Ha vinto una somma indescrivibile! Non era mai successo!»

Tomà aveva poi continuato: «Voi non potete immaginare la scena! Tutti avevano puntato alto, visto com'era andata la prima volta e così tutti abbiamo perso… Perso tanto!».

«Ma voi non avete visto con quanta freddezza questo giovane ha raccolto tutti quei soldi! Impassibile, come se la fortuna avesse baciato qualcun altro!»

«Mi ricorda il giovane dell'altra volta… Rammentate?»

«Adesso, riflettendoci, lo penso anch'io… Stesso vestito… Stesso atteggiamento sicuro, indifferente a tutto…»

«È vero, credo abbiate ragione» aveva convenuto Tomà.

«Chi potrà mai essere?» aveva chiesto Norina.

«Chi lo sa! Dopo aver vinto è rimasto un po' a guardare… Non ha più giocato» aveva sottolineato Zuliàn.

«All'inizio sembrava indeciso se continuare o meno, invece poi ha solo osservato gli altri» aveva concluso Tomà.

A quel punto Cecchina, guardandosi intorno, con sorpresa aveva domandato: «Qualcuno sa dove è andata Lucietta?».

«L'ho vista uscire in fretta e furia...» aveva risposto Zuliàn. «È strano, è una giovane così ben educata...»

Lucietta aveva seguito il giocatore che, oltre il Campo, aveva girato a sinistra e si era addentrato in una calle. Lo sguardo che la mascherina lasciava intravedere era vivace e sorridente. Il busto dritto, quasi impettito, e il passo deciso a testa alta, accompagnato dal ritmico ondeggiare del bastone, testimoniavano che il giovane fosse una persona decisa e soddisfatta.

Lucietta lo seguiva a breve distanza, ma non si sentiva più così sicura. Era titubante. Trepidante.

Stava per raggiungerlo. Era ormai alle sue spalle, quando lo sconosciuto si era fermato e, dopo aver preso dalla tasca un bel fazzoletto orlato di pizzo, aveva abbassato la mascherina e si era soffiato il naso.

Lucietta, per la seconda volta in quel pomeriggio, era stata colta dallo sconcerto dell'inaspettato.

Ciò che stava vedendo l'aveva letteralmente bloccata. Dalle sue labbra non usciva nessun suono. Nemmeno il più flebile, il più impercettibile che si possa emettere. La sua bocca era rimasta semiaperta e i suoi occhi erano spalancati. Involontariamente aveva sollevato le braccia come cercasse un appoggio onde evitare di cadere.

Non riusciva a togliere lo sguardo da quel viso!

"Non ci credo! Non è possibile! Mi sto sbagliando! Certo, mi sto sbagliando... Se lo raccontassi, mi direbbero che sono pazza! Oggi è davvero il giorno delle sorprese..."

Queste considerazioni si erano impadronite di lei per un breve attimo ma, con la stessa rapidità, era tornata alla consapevolezza della realtà e, raccogliendo tutta la sua forza, aveva fatto quel passo, lungo quanto bastava per affiancare il giovane. Sì, non si era sbagliata. Non era stato un abbaglio. Quella macchia, anche se l'aveva vista una sola volta, non l'aveva mai dimenticata.

«Zanetta! Siete voi?» aveva esclamato Lucietta sbigottita.

Si erano fermate, l'una di fronte all'altra, e non sarebbe stato possibile giudicare chi delle due fosse la più sbalordita o la più frastornata.

Zanetta, colta di sorpresa, aveva subito riposizionato la mascherina come avesse voluto nascondere la sua vera identità. Per un attimo era rimasta immobile come a dire: «Non so di chi parlate». Poi, però, non potendo sottrarsi alla realtà, aveva rotto il silenzio.

Con atteggiamento onesto e responsabile aveva raccontato di Marietta, di come l'aveva conosciuta concludendo: «Dovevo provare ad aiutare quella sfortunata. Per voi forse è difficile comprendere, ma lei non ha famiglia, una casa o beni che le permettano di tenere il suo bambino… Dovrebbe lasciarlo in un Hospitale, non vederlo, non crescerlo… Se non avessi avuto mio zio, avrei avuto lo stesso destino, sarei una *putta di choro* alla Pietà… Non potevo restare indifferente. Mi sono travestita perché noi donne, lo sapete bene, non possiamo entrare in un casino e giocare. Poiché il faraone lo conosco bene, e grazie a mio zio Cipriano ho appreso anche tanti trucchi, ho deciso di tentare la sorte».

Lucietta, mentre ascoltava queste parole, in un lampo aveva capito di essere fortunata per la famiglia e per i tanti beni che aveva, e si era commossa per Marietta.

Guardava Zanetta e pensava: "Ho immaginato che questo ragazzo potesse essere il mio principe e invece era Zanetta. Non era il bel giovane e nemmeno l'artista virtuosa, ma una donna altruista, determinata che sicura si prodiga in silenzio. Una donna che appartiene già al *mondo nuovo*".

Poi, con una candida risata, aveva confidato a Zanetta il motivo che l'aveva spinta a seguirla. «Vi credevo un gentiluomo e, prima di tornare a Padova, volevo conoscervi e magari farmi corteggiare… Ora mi sento un po' ridicola, ma sono io la prima a ridere di me stessa e di questa situazione che possiamo definire quasi comica» e con slancio aveva abbracciato la generosa amica.

Anche Zanetta, molto sorpresa dopo questa ingenua rivelazione, si era commossa e l'aveva abbracciata.

«Vi chiedo solo di non parlare di quanto vi ho confidato con nessuno… Questo deve restare il nostro segreto.»

«Impegno la mia parola, nessuno saprà mai… Io tornerò a Padova, a casa, e certo non vi dimenticherò… Non potete immaginare quanto il vostro esempio inciderà sulle mie future decisioni» aveva affermato la giovane Lucietta. Calde lacrime bagnavano il suo bel viso.

«Io rientro a casa, voi ritornate al ridotto… Trovate una scusa. Domani andrò da Marietta, ma ci rivedremo prima della vostra partenza» aveva promesso Zanetta.

41

«Dove siete andata? Siete fuggita senza una spiegazione… Siamo stati in pensiero… Non sapevamo dove cercarvi! Raccontateci. È ora di rientrare, ma prima vogliamo sapere… nulla di grave speriamo, avete un'espressione…» Così era stata accolta Lucietta al ridotto dalle due coppie di amici.

«Vi chiedo scusa, ho visto passare una signora che aveva le sembianze di una cara amica di mia madre e sono corsa fuori per salutarla, per chiedere dei miei… Invece non era lei! Sapeste che figuraccia! Avrei giurato che fosse proprio Anna… A volte si crede di riconoscere qualcuno, invece…»

Zanetta era tornata a casa molto soddisfatta. Marietta non avrebbe dovuto rinunciare al suo bambino e aveva pensato che, mentre lei era in viaggio per il suo *tour* di concerti, la ragazza e il neonato avrebbero potuto stabilirsi nella sua casa. "Geniale soluzione! Come non averci pensato prima?" si era chiesta stupita.

Ma ciò che la rendeva euforica era la possibilità, anzi ormai la certezza, di andare a Parigi con altri musici. Aveva assolto l'impegno che si era moralmente presa e provava un sentimento di appagamento, di serenità, come quello di chi ha ricevuto la grazia dopo aver fatto un voto.

Non poteva sentirsi meglio. Tutto appariva più semplice e nessun ostacolo le sembrava insormontabile.

Anche il sole, uscito all'improvviso dalle tante nubi, sembrava infonderle fiducia per la grande avventura.

"Potrò fare il viaggio tanto sperato, incontrare il mondo nuovo! Non si può desiderare di più… Niente più mi trattiene. Appena sarà possibile, incontrerò Giacometto, gli altri artisti e insieme decideremo il programma."

Marietta non avrebbe potuto essere più contenta. «Non saprò mai come riuscire a ringraziarvi! Avete salvato la mia vita e anche quella di questo innocente che avrà almeno la madre… Povera creatura… Mi occuperò della vostra casa, farò tutto quello che vi farà piacere e, quando tornerete, troverete tutto in ordine. Fidatevi, sono giovane, ma ho imparato la lezione!»

«Tranquilla, io sarò molto occupata, ma ho già parlato di voi con la cara Prudenzia e sua madre ha promesso che vi aiuterà e vi offrirà anche un lavoro.»

Zanetta, prima di andarsene, sorridendo, l'aveva salutata con affetto. «Marietta, state tranquilla, tornerò presto, appena sarà nato.»

42

Zanetta dedicava tutto il tempo alla sua arte. Con serio impegno si esercitava col violino e con la tiorba e manteneva viva la sua capacità canora.

Aveva incontrato Giacometto, Marco, un violoncellista, e sua sorella Poldina, primo violino, quando lei si doveva esprimere col canto. I tre avevano già eseguito musica insieme e ora ambivano a raggiungere Parigi e a ottenere un meritato successo con la virtuosa Zanetta.

In una sala della Pietà, messa a loro disposizione grazie alle raccomandazioni di Prudenzia e della contessa Sofia, i quattro musicisti provavano a concertare.

Prudenzia li aveva aiutati nella scelta dei brani e li aveva seguiti nelle prove. Non avrebbe mai potuto lasciarli soli. Affettivamente molto coinvolta nella avventura dell'amica, aveva messo a disposizione degli artisti le sue capacità di maestra e flautista affinché le loro esecuzioni raggiungessero la perfezione.

Zanetta viveva un periodo di intenso lavoro: oltre alle prove alla Pietà doveva partecipare ad alcune Accademie che le *putte di choro* organizzavano a scopo caritatevole.

Una domenica mattina, mentre si stava preparando per raggiungere le *putte* con le quali avrebbe concertato al rito del matrimonio fra due rampolli di agiate famiglie in Santa Fosca, aveva bussato alla porta una donna mandata dall'Hospitale per annunciarle la nascita della bambina di Marietta. «La piccola si chiama Bertina.»

«Il nome di mia madre!» aveva esclamato festosa Zanetta.

Era stato un giorno di grande soddisfazione, sia per il concerto molto applaudito che per la nascita di Bertina.

"In settimana andrò a trovare Marietta... Non ho molto tempo: devo preparare i documenti, il baule con i vestiti e, cosa importante, incontrerò la contessa Sofia… Vuole riferirci le ultime novità portate dai suoi amici da Parigi. Ci darà ottimi consigli, ne sono certa."

Un mattino, prima di iniziare la lezione, Prudenzia le aveva consegnato un biglietto scritto da sua madre. Era l'invito a partecipare alla festa organizzata dalla famiglia per salutare Lucietta che ritornava a Padova.

Zanetta non poteva certo rifiutare quella piacevole proposta e il martedì pomeriggio aveva raggiunto la casa di Prudenzia. Oltre alla famiglia c'erano i genitori di Lucietta. Regnava una piacevole atmosfera di festa.

43

Prudenzia, presente per un permesso speciale, e Zanetta avevano suonato e cantato, mentre Norina aveva letto i sonetti scritti da Lucietta durante il suo soggiorno veneziano.

Un pomeriggio delizioso. Tante le manifestazioni di affetto rivolte all'emozionata giovane che stava per lasciare la città dove aveva avuto opportunità culturali straordinarie, stimolanti e irripetibili.

Erano presenti anche Tomà, Zuliàn e Cecchina, che al momento dei saluti avevano consegnato a Lucietta due pacchetti infiocchettati da bei nastri di raso. Con mani un po' tremolanti la ragazza li aveva aperti.

Un cofanetto con carta da scrivere, inchiostro e penna. «Per i vostri futuri sonetti» aveva specificato Norina.

Nell'altro pacchetto una stoffa di velluto. «Questo da parte mia e di Cecchina» aveva detto Zuliàn. «Una novità… a Padova tutte le donne invidieranno la vostra veste!»

«Non potevate essere più generosi… Apprezzo molto e non dimenticherò i giorni trascorsi con voi, grazie.»

Era arrivato il momento dei saluti e delle lacrime.

Lucietta si era avvicinata a Zanetta e sottovoce le aveva confidato: «Io torno a Padova, ma il vostro esempio mi ha illuminata. Non voglio rinunciare alla poesia: farò il possibile per coltivare la mia inclinazione verso la scrittura e mi unirò al gruppo delle *pecorelle*… Solo per un grande amore potrei rinunciare alla mia libertà! Non posso pensare di vivere una vita decisa da altri. Credo stia arrivando un *mondo nuovo* e io, come voi e tanti altri, non voglio esserne solo una spettatrice».

Le due con infinita tenerezza si erano abbracciate. Anche senza parlare si erano capite.

«Avrete sempre il mio appoggio e sapete dove trovarmi» aveva bisbigliato Zanetta all'orecchio della giovane e commossa Lucietta.

«Ammiro ciò che state per fare: un viaggio a Parigi! Come vorrei partire con voi… se solo potessi…»

«Sì, sono entusiasta di poter realizzare il mio sogno… Ma chi può dire? Forse anche voi un giorno seguirete la mia strada: il *mondo nuovo* è alle porte, tutto cambierà!»

La festa era finita.

Gli ospiti, molto soddisfatti, se ne erano andati.

Anche Zanetta lo era, ma non riusciva a liberarsi da quel senso di ansia che le procurava l'attesa dell'ormai prossimo incontro con la contessa.

44

Puntuali, i quattro giovani musicisti si erano trovati davanti al portone della casa dell'aristocratica Sofia. Erano emozionati, ma non più della nobildonna che li stava aspettando seduta sulla grande poltrona del salotto verde. Teneva in mano un foglio dove aveva scritto alcune note importanti e, per essere sicura di non aver scordato nulla, con attenzione lo stava rileggendo.

I giovani, dopo aver espresso rispettosi saluti e saputo dell'assenza del *sior* Tomà e di Norina per un impegno imprevisto, con timidezza avevano esposto i timori e i dubbi che il lungo viaggio aveva suscitato in loro.

«Non siamo mai stati a Parigi e temiamo di non riuscire a trovare un luogo adatto dove esibirci. Questo spegne un po' il nostro entusiasmo» aveva dichiarato Zanetta.

«E io e Marco ci sentiamo responsabili, accompagnati da due ragazze… Voi capite…» aveva aggiunto Giacometto.

«*Je comprends* la vostra insicurezza e chiedermi consigli è stata una scelta ponderata» aveva risposto la contessa dopo averli ascoltati con attenzione «e spero di potervi aiutare. *Paris est une grand ville,*» aveva spiegato con tono rassicurante «ma io ho preparato un elenco delle cose che *non* dovete fare e quello dei luoghi che *non* dovete frequentare.» E aveva dato loro lo scritto. Dopo aver domandato notizie e chiarimenti sul programma, sorridente e con tono soddisfatto, aveva aggiunto: «Tramite i miei amici parigini, il nostro caro Goldoni è già a conoscenza del vostro *tour* e ha loro dichiarato di essere disponibile ad aiutarvi, affinché voi possiate debuttare in un teatro o in un palazzo frequentato da persone che sono in grado di apprezzare le vostre esecuzioni».

Quelle parole avevano dato ai musici un gran sollievo e le espressioni dei loro volti si erano trasformate. Inizialmente avevano varcato la soglia del salotto timidamente, non avevano osato guardare direttamente la nobildonna, erano arrossiti prima di rispondere alle sue domande, ma in quel momento, all'incanto, avevano provato gran sollievo. Dai loro volti traspariva sicurezza, i loro spontanei sorrisi erano radiosi e i loro occhi brillavano di gioia. Tutti avevano trovato il parlare cosa facile. Tutti avevano qualcosa da dire. Tutti si sentivano fiduciosi.

Come un uccellino abituato al piccolo spazio della gabbia quando vede lo sportello aperto è titubante e vorrebbe uscire, volare libero, sentire l'aria sulle sue piume, ma non osa, teme, e solo quando è sicuro di poter volare verso ciò che più lo attrae si lancia nell'aria e manifesta la sua gioia esibendo il suo miglior canto, così i nostri giovani in quel momento non avevano più incertezze. Avevano capito che avrebbero potuto volare sicuri verso la meta tanto desiderata e si guardavano compiaciuti.

Zanetta non ricordava più di indossare la maschera.

Se fosse stato possibile avrebbero suonato, cantato e, perché no?, come bambini felici fatto salti di gioia.

«Goldoni? Il *nostro* Carlo Goldoni?» aveva domandato con manifesta sorpresa Giacometto.

Anche gli altri avevano fatto coro: «Carlo Goldoni?».

«Sì, voi sapete che si trova a Parigi da anni e, anche se vive alla corte del Re, continua a scrivere commedie... Ha lasciato Venezia perché voleva trasformare il teatro. Non più le maschere *de la Comédie*. Voleva un teatro nuovo dove gli attori interpretano ruoli diversi. Goldoni mette in scena personaggi del popolo, racconta storie della vita reale.»

«È vero, purtroppo Venezia non gli aveva risparmiato dure critiche...» aveva sottolineato Marco.

«I veneziani non apprezzavano le figure femminili delle sue commedie perché sono donne che non dipendono dai mariti, sono libere, intraprendenti... Non sono umili, servizievoli, sottomesse… Goldoni scardinava una realtà che si era consolidata nei secoli: per questo non è stato apprezzato» aveva specificato Giacometto.

«Per questa incomprensione ha accettato l'invito di andare dove il nuovo non fa scandalo. Testimoniano che, rassegnato, sostenesse: "Non posso più rimanere qui, dovrei scrivere commedie per un teatro senza pubblico…"» aveva affermato con enfasi Poldina. Sino a quel momento aveva ascoltato in silenzio, ma le confortevoli parole della contessa le avevano trasmesso tanta forza da farle superare la sua insicurezza, la sua abituale timidezza.

«Voi non potete immaginare quanto partecipi alla vostra avventura» aveva detto infine la contessa. «Aspetterò con ansia vostre notizie.» E, mentre abbracciava tutti con sincero affetto, commossa ripeteva: «Quanto vorrei poter partire insieme a voi! *Bon voyage, mes amis*».

Richiusa la porta, i due giovani raggiunto lo scalone, avevano manifestato la loro gioia divorando con rapidi balzi i larghi scalini. Di tanto in tanto facevano una sosta per aspettare le due ragazze e con grandi sorrisi e gridolini sommessi condividevano la loro contentezza.

L'ultimo gradino era stato un rumoroso salto e, arrivati al portone, si erano lasciati con un vivace: «A domani!».

Un giorno avrebbero alzato i loro strumenti per salutare il successo con la stessa gioia che gli esultanti gondolieri esprimono alzando i remi nell'affermarsi vincitori della gara?

Rimasta sola, Zanetta, mentre rientrava a casa, si era chiesta: "Quale potrà essere il motivo che ha impedito a Norina e a Tomà di venire all'incontro? Sarà certo una cosa seria… Speriamo non sia successo nulla di grave".

La giornata era splendida. Nei campi il vociare allegro dei bambini che giocavano, rincorrendosi intorno ai pozzi, echeggiava ininterrotto. Su canali e rii si incrociavano barche accompagnate da cantilenanti saluti e le battute scherzose dei marinai. Donne e ragazze lentamente passeggiavano per le calli, chiacchierando, guardavano negozi e bancarelle con curiosità e qualcuna, con piacere, riusciva a soddisfare un frivolo desiderio.

Anche Zanetta prima di rientrare aveva fatto sosta in una bottega per un paio di calze e una nuova mascherina.

45

Tomà, dopo aver deciso di compiere il viaggio a Parigi, si era promesso di fare una sorpresa alla sua Norina e, fatalità, aveva scelto la data dell'incontro con la contessa. Il giorno doveva assolutamente essere quello.

«Mia cara, giovedì faremo una gita e resteremo fuori tutta la giornata, ho già preso accordi col barcaiolo.»

«Ma dove mi portate per rimanere fuori tutto il giorno?»

«Non vi dirò nulla, ma spero vi farà piacere.»

«Dovrò indossare un abito elegante? Mettere gioielli?»

«No, mia cara. Dovete vestire un abito semplice e portare uno scialle e un parasole… Ah! Dimenticavo! Mi raccomando le scarpe, quelle dovranno essere comode!»

«Siate buono, dove andiamo? E perché giovedì?»

«Non posso dirvi nulla… Che sorpresa sarebbe? Per favore, non fate domande perché io resterò muto… come un pesce!»

Mancava ancora una settimana. Norina aveva fatto mille supposizioni e usato molte delle sue strategie, ma non era riuscita a strappare una sola parola al suo Tomà.

«Dovremmo rimandare l'uscita» aveva suggerito Norina, quando era arrivato l'invito per l'incontro con la contessa.

«No, impossibile. Le manderò le mie scuse e le chiederò d'incontrarci un'altra volta» aveva risposto deciso Tomà.

La curiosità di Norina aumentava. "Dove mi porterà? Non riesco a capire perché dobbiamo uscire proprio giovedì!"

Quando Tomà l'aveva svegliata era l'alba.

«È già ora?» aveva chiesto ancora assonnata, ma in un batter d'occhio era pronta. Aveva preparato ogni cosa da indossare e da portare la sera prima. Sicura che non avrebbe dormito, non si decideva ad andare a letto.

La barca li stava aspettando. Appena saliti, dopo un bel sospiro, sorridendo si era rivolta a Tomà e, facendogli una lieve carezza, aveva sussurrato: «Finalmente saprò dove stiamo andando!».

«Sì, e sono certo che vi piacerà» aveva detto Tomà soddisfatto.

Lentamente erano stati portati a Murano.

«Ora prendiamo la barca grande e andiamo al...» ma non era riuscito a finire la frase.

Norina, esultante come un esploratore quando vede una nuova terra, capito dove erano diretti, aveva esclamato: «Andiamo al Torcello!».

«Sì, mia cara, e spero siate contenta della mia scelta.»

Norina era diventata improvvisamente seria e silenziosa. Un velo aveva spento il suo vivace sguardo e una ruga si era formata sulla sua fronte. L'entusiasmo, la curiosità, la voglia di discorrere erano scomparse. Immagini e alterni pensieri stavano affollando la sua mente.

Tomà, uomo sensibile e innamorato, aveva capito. Con affetto aveva rispettato il silenzio della sua amata e atteso il momento adatto per riprendere il discorso.

Norina aveva lo sguardo rivolto all'orizzonte ma... vedeva Orsina, risentiva le amorevoli parole che le spiegavano la vita, e una nostalgia tagliente la faceva soffrire. Capiva che il dolore stava impadronendosi di lei e che aveva bisogno di aiuto. Tolto lo sguardo dalla laguna, i suoi occhi lucidi avevano incrociato quelli di Tomà.

Lui l'aveva abbracciata sussurrando: «Sapevo che sarebbe successo, che avreste sofferto, ma, quando saprete perché ho voluto portarvi al Torcello, la vostra tristezza scomparirà, ne sono sicuro... e torneranno i bei pensieri».

Norina era rimasta in silenzio.

Quelle parole le avevano dato conforto, ma i bei pensieri erano ancora lontani.

46

Erano arrivati all'isola senza aver osservato il basso orizzonte sottolineato dalla luce del giorno e goduto della pace che il lungo tragitto, nel silenzio, sempre suscita. Non avevano visto il lento planare dei gabbiani e sentito i loro sgradevoli versi. La loro mente era altrove. Assorti, avevano percorso il sentiero che terminava davanti al sagrato ed erano entrati in Santa Maria Assunta.

Solo allora Tomà, guardandola intensamente, aveva ripreso la parola. «Vi ho portata al Torcello perché qui, in questa chiesa, si sono sposati tutti i vostri famigliari e proprio oggi ricorre l'anniversario dello sposalizio dei vostri genitori.»

Norina era sorpresa. Confusa. Non ricordava quella data… Il suo viso si era illuminato e alla tristezza erano subentrate nuove emozioni. Dopo uno sguardo alla Madonna dal manto azzurro, dipinta al lato del portone, con gli occhi aveva cercato, come sperasse potessero apparire, i suoi cari. Ma lei aveva conosciuto soltanto Orsina.

Tomà la osservava. Capiva che, come un marinaio fatica a tenere la barra dritta fra le onde minacciose, Norina stava lottando intensamente per non essere sopraffatta da pensieri e ricordi dolorosi. Preso da infinita dolcezza, aveva stretto le mani della ragazza fra le sue e le aveva chiesto: «Norina, volete diventare mia moglie? Sarebbe magnifico sposarci in questa chiesa…».

Lei, intenerita, aveva risposto: «Sì, ci sposeremo qui». E amorevolmente aveva appoggiato il capo sul suo petto.

Il tempo sull'isola era trascorso velocemente e i due, amorosi, dopo aver superato quel momento di intenso turbamento, avevano passeggiato. A Norina tornavano i lontani racconti di nonna Orsina su luoghi e persone, tanto che ciò che la circondava non le appariva estraneo. Il suo animo era tornato sereno e ben disposto al futuro.

«Non avrei mai immaginato di trascorrere una giornata così ricca di emozioni… Mi sento strana: sono successe cose che non avrei mai pensato potessero accadermi» aveva confidato a Tomà a bassa voce e con gli occhi lustri.

«Ora basta lacrime, anche se comprendo. Voglio vedervi contenta! Pensate, ci sposeremo e andremo a Parigi… Siete così bella…» e l'aveva abbracciata.

«Queste sono lacrime di gioia» aveva detto Norina, stringendosi a Tomà.

Se fossero stati soli si sarebbero baciati.

47

Il ritorno era stato tranquillo.

«È stato bellissimo camminare sul prato a piedi nudi!» aveva esclamato Norina.

«È un luogo incantevole. La città sembra lontana mille miglia… Il tempo pare fermarsi lì» aveva notato Tomà.

I due avevano poi affrontato altri argomenti, che sempre terminavano con particolari sulla cerimonia nuziale. Si erano poi immersi nel silenzio del lungo percorso e nel loro intimo erano sorti pensieri profondi. La luce del rosso tramonto li aveva accompagnati sino a San Marco ripagandoli della stanchezza dell'interminabile giornata.

Erano ormai arrivati e, prima di scendere dalla barca, Norina aveva guardato Tomà con fare serio, per esprimere il suo desiderio: «Alle nozze vorrei partecipassero solo le persone a noi care… Fra tanta gente mi sentirei più sola».

Tomà, capiti i timori, le aveva risposto: «Certo, sono d'accordo. Ma un'ultima cosa: non abbiamo parlato dell'abito… dovremo decidere».

«All'abito ci penso io» aveva precisato Norina. «Chiederò a Cecchina: lei ha buon gusto… Vi farò una sorpresa, e questa volta sarò io a restare muta come un pesce!»

«Come la mia signora desidera» aveva controbattuto lui, non potendo obiettare.

Fra i pensieri che avevano affollato la mente di Norina durante il ritorno dal Torcello c'era stato il ripensare a Orsina in quel lontano giorno…

Come accadeva spesso, aveva fatto un capriccio. Sua nonna, con infinita pazienza per smuoverla dalla sua ostinata richiesta, l'aveva invitata nella sua stanza. «Vieni con me. Ti mostro una bella cosa.» E, raggiunta la sua stanza, aveva tolto da sotto il letto una vecchia cassa di legno e l'aveva aperta.

«Non mi interessa niente! Non voglio vedere niente!» aveva urlato Norina, e continuava a strillare. Tuttavia, non era riuscita a resistere alla tentazione ed era caduta nella trappola che Orsina, come una vera e astuta volpe, le aveva teso.

Fingendo ancora bizze, sbirciava sulla soglia ciò che stava uscendo da quell'enorme baule e alla fine, non riuscendo a trattenersi e dimentica del motivo della sua stizza, si era avvicinata alla nonna con curiosità.

«Questo è un mio vecchio scialle; il mio parasole di pizzo; queste scarpe erano della mia Poletta, tua madre, e questo era il suo vestito da sposa… Era bellissima… Ti piace? Bello, vero? Lo metterai quando ti sposerai…»

Lei aveva continuato a essere scontrosa. «Non mi interessa l'abito da sposa… Lo sapete che io non mi sposerò mai: io voglio fare l'attrice! Mi piace il parasole, questo sì… Anzi, lo prendo subito, lo voglio usare quando faccio finta di essere una dama…» aveva risposto in modo sgarbato.

Orsina non aveva insistito e le aveva dato il parasole. «Mi raccomando, non romperlo: è un ricordo del nonno.»

Norina, dopo tanti anni, aveva ripensato a quell'abito. "Non ricordo com'era… Appena torno, vado a cercarlo. Mi sembra fosse di pizzo… con delle perline… Forse mi piacerà."

Rientrata, nonostante la stanchezza, non aveva seguito Tomà. Rapida, era scesa nelle stanze del piano terra dove c'erano le sue vecchie cose. La cassa era sotto a una coperta impolverata e lei, dopo averla aperta, aveva scovato l'abito ben piegato dentro una grande federa.

L'aveva preso, dispiegato e, in piedi con le braccia alzate, l'aveva guardato in tutta la sua lunghezza. Era stropicciato, ma bellissimo! Era tutto di pizzo e i bottoncini erano piccole palline di pasta di vetro.

Piacevolmente sorpresa e soddisfatta, aveva pensato: "Domani con Cecchina decideremo se ridargli nuova vita. Ora vado a riposare… Farò una bella sorpresa a Tomà!”.

Il pomeriggio del giorno dopo, Cecchina era a casa di Norina per vedere il vestito. Aveva controllato dentro e fuori le cuciture, l'orlo, i bottoni e in particolar modo il pizzo.

«È perfetto! Non sembra sia rimasto tanto tempo in una cassa… Guardate la seta: non si è rovinata… Per non parlare del fatto che il pizzo è di alta qualità… Siete fortunata a indossare l'abito di vostra madre.»

Mentre diceva questo pensava: "Io riesco a fare preziosi merletti, ma non ne creerò mai uno per il mio abito da sposa". Quella considerazione l'aveva rattristata, ma era comunque contenta per l'amica. "Non ha conosciuto sua madre, ma ora ci sarà Tomà a occuparsi di lei… come Zuliàn di me."

«Credete si possa sistemare? Potrò indossarlo?»

«Sì, certo, me ne occuperò io e sarà uno splendore.»

Dopo averlo visto indossato, Cecchina lo aveva così ben perfezionato che sembrava fosse stato creato per Norina. Ma Cecchina non si era limitata a quello: in segreto aveva creato con abilità un raffinato velo da sposa pensando che Norina sarebbe stata felice dell'inattesa sorpresa.

48

Dopo il normale percorso burocratico, tutto era pronto. Il giorno del matrimonio era arrivato.

I futuri sposi e gli invitati erano partiti il giorno prima e avevano pernottato sull'isola per essere pronti alla cerimonia che sarebbe stata celebrata il mattino seguente.

Il priore aveva voluto ospitare Zanetta e Giacometto per far loro conoscere Joachin, suo nipote, che suonava il clavicembalo. «È giovane e desidera tanto suonare con altri musicisti! Quale occasione migliore della celebrazione di un matrimonio? Potrete conoscervi e provare brani da eseguire insieme. È dotato, sono sicuro che andrà tutto bene... Sarà una cerimonia da registrare con l'inchiostro rosso!» aveva sostenuto il religioso.

I futuri sposi, Cecchina e Zuliàn avevano pernottato alla locanda e le due amiche avevano condiviso la stanza. Avevano dormito poco, parlato tanto, riso e pianto per la commozione che spesso interrompeva il loro confidarsi.

Due volte la futura sposa aveva provato l'abito e, zitta e con gli occhi lucidi, si era mirata nel grande specchio.

Cecchina aveva esclamato: «Siete bellissima! Sembra nuovo!».

«Sì, è perfetto e il vostro pizzo è favoloso! Non potevate farmi un regalo più bello! Quando Tomà lo vedrà non saprà come ringraziarvi. Che merletto! Davvero bravissima!»

«Nemmeno Zuliàn l'ha visto... Mi chiedeva: "Cosa regaliamo a Norina?". E io rispondevo: "Ci penso io...". Si è fidato.»

Era ormai notte quando si erano coricate, ma, prima di dormire, entrambe avevano fatto intime considerazioni sulla loro vita e avevano silenziosamente pianto.

Tomà, nel suo letto, a fatica si era addormentato. Era eccitato. Fantasticava sul futuro che immaginava e sperava sereno e avvertiva la necessità di parlare, di confidare le sue emozioni. Si sentiva molto solo.

Zuliàn, uomo ormai maturo, pensava alla sua Cecchina e un rammarico era quello di non averla conosciuta prima. Tuttavia, la loro condizione era simile a quella di tante altre coppie e di una cosa era certo: non avrebbe mai potuto vivere senza di lei. Era felice per i cari amici e soddisfatto per la giornata che avrebbe trascorso con la sua amata.

Zanetta e Giacometto, dopo un pomeriggio di prove con Joachin, avevano cenato insieme al priore e affrontato diversi argomenti, ma continuavano a pensare al viaggio. Un'opportunità che difficilmente si sarebbe ripresentata.

49

La luce del giorno aveva colto gli amici già svegli e, come se si fossero accordati, erano andati tutti alla finestra. Se gli uccelli annusano l'aria prima di lasciare il nido, loro respiravano a pieni polmoni e scrutavano il cielo per capire come sarebbe stato il clima del giorno.

Zanetta, Giacometto e Joachin, fatta colazione, avevano raggiunto in anticipo la chiesa per le ultime prove.

Tomà si era preparato con molta attenzione e prezioso era stato l'aiuto di Zuliàn. Lo aveva sostenuto in quei gesti abituali che inspiegabilmente quel giorno erano diventati complicati, come fosse la prima volta che li eseguiva. Non riusciva nemmeno ad allacciarsi il solino.

«State calmo, non dovete essere così nervoso… Aspettate, vi aiuto io» ripeteva Zuliàn con tono indulgente alle strane difficoltà dell'amico. «Siete troppo agitato!»

Dopo un procedere lento, con inspiegabili inceppi, la vestizione del futuro sposo era terminata e i due amici, gustato un buon caffè, avevano atteso Norina e Cecchina in una saletta al piano terra.

Sentivano attraverso il soffitto di legno il rumore dei tacchi delle scarpette delle loro donne. Un andirivieni svelto dal quale si capiva che nella stanza c'era un gran fermento.

Norina, come tutte le spose il giorno delle nozze, era eccitatissima. «Ora cosa devo indossare? È stretto, come mi sta? Cecchina aiutatemi, sistematemi il velo, mi tremano le mani, non capisco nulla, possiamo scendere?»

«Sì, tranquilla, tutto a posto. Siete bellissima! Quando vi vedranno, resteranno tutti senza parole… immagino il *sior* Tomà!»

Norina si era mirata per l'ultima volta con un sospiro di sollievo. «Ora possiamo andare.» Prima di scendere, aveva posato lo sguardo sull'amica. «Siete elegantissima, mia cara. Questo abito è una meraviglia, davvero raffinato… Oscurate la sposa!»

«È un regalo di Zuliàn» aveva risposto raggiante Cecchina.

Era di seta color beige e l'intreccio dei preziosi fili, dandogli luce, lo rendeva adatto per le grandi cerimonie.

«Eccole, finalmente!» aveva esclamato con piacere Zuliàn.

Tomà era stupito. Non riusciva a parlare dall'emozione.

Norina era incantevole. Lui era come stregato… Non credeva a ciò che vedeva. Aveva atteso quel momento e fatto tante ipotesi, ma lei era riuscita a sbaragliare la sua immaginazione, a superare le sue aspettative.

"Come sarà riuscita a procurarsi un abito tanto bello e originale? Il suo ingegno e la sua fantasia mi sorprenderanno sempre! Con lei non mi annoierò mai!"

Ripreso dalla fascinazione, si era avvicinato compiaciuto e le aveva baciato le mani. «Mia cara, siete adorabile.» Poi con indicibile soddisfazione le aveva dato il braccio sussurrandole: «Andiamo, ci stanno aspettando».

Si era girato e, dopo aver osservato Cecchina, allegro si era rivolto all'amico Zuliàn affermando con ironia: «Oggi le donne più belle di Venezia sono al Torcello, qui con noi».

Zuliàn, beandosi della bellezza e dell'eleganza della sua dama, aveva risposto: «Non sempre sono d'accordo con voi, ma questa volta non potrei contraddirvi, nemmeno per un milione di zecchini».

A braccetto di Cecchina, raggiante per le tante lodi, e al seguito dei futuri sposi, si era avviato alla chiesa di Santa Maria Assunta.

50

La porta della chiesa era aperta. Il sacerdote, in paramenti dorati, aspettava ai piedi dell'altare.

Emozionati, Tomà e Norina avevano varcato la soglia.

Zuliàn, impettito come un gallo cedrone, durante il tragitto aveva colmato la sua Cecchina di complimenti. «Siete deliziosa, questo abito vi rende ancor più bella. Tutti vi ammireranno e mi invidieranno! Come li capisco!»

Lei non si era mai sentita così importante e a quelle effusioni era arrossita come un'adolescente.

Non osservava le persone che, dopo aver fatto ala alle due coppie, sorprese e catturate dall'insolita eleganza, si erano loro accodate formando un piccolo corteo.

Norina per un attimo aveva ricordato la sua ambizione di diventare una famosa attrice. Tutte le ripicche, le bizze e i diverbi che aveva avuto con nonna Orsina erano ormai lontani. Svaniti. Si sentiva diversa. Com'era cambiata! "Ora, non riuscirei a pensare a un futuro senza Tomà."

Tomà non parlava. Rifletteva. "Se una *strologa*, come dicono fosse Orsina, mi avesse detto che mi sarei sposato con una giovane come Norina, non le avrei creduto." E stringeva la mano della sua amata come solo farebbe un ragazzino.

La coppia aveva sceso il primo gradino che conduce alla navata e le note uscite dagli strumenti dei tre musicisti avevano spento quel mormorio, quel brusio che aveva reso il sacro edificio simile a un operoso alveare.

Il silenzio immediato era stato riempito dal *Presto* della sinfonia concertata in Re Maggiore di Scarlatti.

Per un attimo i promessi, come incantati, si erano fermati. Non avevano immaginato di essere accolti in modo tanto solenne e, increduli, si erano guardati con aria stupita.

Entrambi non erano riusciti ad articolare una parola. Erano

sopraffatti dall'emozione.

Dopo essersi ripresi da quel magico momento, lentamente e con un certo sussiego, avevano raggiunto l'altare. La musica era cessata ed era iniziata la celebrazione.

L'attenzione dei presenti era palpabile. I pochi commenti erano bisbigli che gli sposi non riuscivano a percepire.

Il momento dello scambio degli anelli era stato accompagnato dall'*adagio* di Albinoni. Tutti erano concentrati sulla solenne formula e nessuno notava ciò che stava accadendo fra Cecchina e Zulià n.

Mentre Tomà con mano tremante infilava la fede nuziale all'anulare di Norina, Zulià n, dopo aver pescato dalla tasca del panciotto un anello con un grosso rubino, aveva preso la mano di Cecchina e, imitando l'atto dello sposo, le aveva chiesto: «Mia cara, volete essere mia per sempre?».

Lei, confusa, aveva assentito col capo. Non voleva piangere, ma un nodo alla gola le impediva di dire: «Sì, lo voglio».

Zulià n e Cecchina, da quel momento, non erano più riusciti a prestare molta attenzione al sacro rito che lentamente stava volgendo al termine.

Giacometto era molto soddisfatto. La cerimonia era stata per lui un banco di prova. Aveva finalmente suonato con Zanetta e non c'erano stati momenti di incertezza. Anzi, in perfetta armonia le loro esecuzioni erano state un successo. Joachin con il suo strumento era stato di fondamentale importanza e un sentimento di riconoscenza a chi gli aveva permesso di realizzare un suo grande desiderio aveva preso possesso del suo animo sensibile.

La liturgia era ormai finita e, prima che gli sposi uscissero dalla chiesa, Zanetta aveva cantato una lode a Maria. Era un canto che i presenti non conoscevano. Veniva eseguito solo alla Pietà dalle *putte di choro* al termine delle litanie. Le *maestre di choro* le avevano dato il permesso di interpretarlo per i benefattori e gli amici della contessa Sofia. Per le *putte* era un pezzo di grande valore perché scritto dalla maestra Marianna, una virtuosa violinista allieva di Vivaldi.

Tutti erano rimasti in silenzio. Il brano suscitava alti pensieri e profonde riflessioni. Ognuno si era commosso e nel suo profondo aveva invocato la Madonna.

Sul sagrato gli sposi erano stati attorniati dalle festose persone del Torcello. Molti si erano avvicinati a Norina e le avevano ricordato la nonna Orsina.

Zanetta e Giacometto, fermi sulla soglia della chiesa, avevano eseguito il *Minuetto* del *Concerto op. 6 n. 5 in Re Mag.* di Händel. La musica suonata da Joachin, proveniente dal portone aperto, riusciva a concertare con loro.

Tutti erano stati presi dall'allegro motivo e qualcuno non era riuscito a trattenere quattro passi di danza.

Nel frattempo, un servitore della contessa Sofia si era avvicinato a Tomà e gli aveva consegnato un biglietto in cui c'era scritto: «Felice di mettere a disposizione la mia barca, *pourquoi votre retour il soit plus confortable. Votre* Sofia».

51

«Evviva! Evviva! Auguri! Felicità!»

Con corale euforia, quelle parole, pronunciate a voce alta, uscivano da labbra sorridenti, accompagnate da battimani cadenzati al ritmo della musica allegra che Zanetta e Giacometto avevano ripreso a suonare dopo il minuetto. Non avevano potuto privare quella pubblica gioia della loro partecipazione sonora e vocale.

Attratto dalla musica, era arrivato Bepi, un anziano del luogo, accolto con gioia da tutti perché con il suo semplice modo di affrontare le cose, la sua musica e le sue argute e maliziose battute portava sempre allegria. Veniva dalla terraferma ed era approdato al Torcello dopo aver sposato Foschina, una *putta* dell'isola. Come sempre, aveva con sé il caro clarinetto e, approfittando di una pausa, aveva suonato una furlana. Un ritmo irresistibile. Anche i più piccoli avevano iniziato a piroettare, imitando i più agili, in quella popolare danza, mentre sgranocchiavano confetti.

Bepi aveva poi intonato una cantata profana di Antonio Lotti: «*Pur dicesti, o bocca bella, quel soave e dolce sì, sì che mi fa tutto il suo piacer con un bacio d'amor t'aprì dolce fonte del goder*».

Tutti conoscevano quei versi e avevano contribuito, con la loro voce, intonata o stonata, bassa o acuta, gradevole o stridula, a formare un allegro e disinibito coro.

A questa era seguita *Gelsomin che superbetto*.

Molti, presi dalle emozioni suscitate da quelle allusioni maliziose, seguivano intimi e segreti pensieri.

La festa rapidamente aveva assunto un tono meno solenne e gli sposi e i loro amici, dopo aver salutato e ricevuto sincere felicitazioni, erano rientrati alla locanda.

Smessi gli abiti della cerimonia, si erano avviati al molo e, sistemati nella comoda imbarcazione della contessa, avevano preso la via del ritorno.

52

I neosposi erano stretti l'un l'altra e si guardavano sorridendo con aria trasognata. Rigiravano inconsciamente l'anello d'oro all'anulare. Norina considerava che quel semplice cerchietto metteva in evidenza la perfezione delle sue mani più di qualsiasi altro gioiello.

"Ero così orgogliosa dei miei nei, ma questo cerchiello!"

Tomà, più di una volta aveva detto: «Una cerimonia bellissima! Sono felice! Cara, nessuno ci dividerà mai».

Erano stanchi e sospiravano il momento di ritrovarsi soli nella loro casa.

Zuliàn si sentiva euforico come un novello sposo e desiderava rimanere solo con la sua Cecchina. Si sarebbe fermato da lei tutta la notte. Non poteva lasciarla, dopo le emozioni di una giornata così intensa. "Desidero rimanere solo con la mia Cecchina… Questa notte mi fermerò da lei. Non posso assolutamente andarmene… Che giornata! Ho ritrovato, riprovato l'entusiasmo di un tempo."

Cecchina si sentiva felice come non lo era mai stata. "Sono stata ammirata e accolta come una vera signora e non avrei mai potuto desiderare di più… Il mio caro Zuliàn…"

Zanetta in silenzio pensava alla Pietà. Era eccitata per il sospirato viaggio, ma sapeva che avrebbe sofferto nostalgia per Prudenzia e per le *putte*. E Cipriano? Era sempre nel suo cuore. "Sarebbe partito con me…"

Era contenta per la sistemazione di Marietta. Cecchina aveva proposto di accoglierla nel suo laboratorio di merletti e con il guadagno del suo lavoro la ragazza avrebbe pagato la retta della sua bambina all'Ospedale.

"Lavorerà e vivrà nella mia casa" pensava soddisfatta. "Non dovrà andare a servizio e nessuno potrà umiliarla."

Giacometto era euforico per come era riuscito l'esordio con

Zanetta. Le loro esecuzioni avevano trovato un accordo perfetto. "Con Marco e Poldina saremo un gran quartetto e a Parigi avremo successo!" pensava fiducioso.

Ecco San Marco! La barca aveva attraccato.

Ognuno aveva raggiunto la propria casa. Un buon sonno
ristoratore avrebbe ridato a tutti nuove energie per affrontare
i tanti impegni che avrebbero dovuto assolvere.

Pochi giorni, una decina, e sarebbero partiti per Parigi.

Ma prima era doveroso salutare gli amici e Venezia con un
Gran concerto alla Pietà.

53

Il pomeriggio prometteva pioggia. Una grigia foschia, una cappa umida avvolgeva Venezia, ma, nonostante ciò, la chiesa della Pietà era affollata.

Le *putte di choro* occupavano i loro posti dietro le grate di ferro battuto decorato dei pulpiti pensili, delle tre gallerie che trasformavano la chiesa in «sala da concerti».

Le fanciulle, dall'alto della loro posizione, potevano ammirare, notare tutti i particolari e quasi toccare con mano l'affresco del Tiepolo *L'incoronazione di Maria*, che esprime il trionfo della musica celeste con un crescendo di orchestrazione come le opere di Vivaldi.

Indossavano il loro abito color scarlatto e avevano i capelli nascosti dalla tipica cuffietta bianca che scendeva con una leggera mantellina sino all'inizio delle spalle. Le musiciste con i loro strumenti e le cantanti con gli spartiti in mano aspettavano, pronte e attente, il cenno del maestro che avrebbe dato il «la» alla straordinaria esibizione.

Dalle fessure delle grate osservavano gli invitati.

Una folla multicore occupava la sottostante platea. Su comode sedie, in prima fila, la contessa Sofia, la famiglia di Prudenzia, aristocratici, un governatore della Pietà in uniforme, prelati con papalina e mantella color porpora; dietro, le madri dell'ordine e suor Pia.

C'erano anche ospiti della città provenienti da ogni angolo d'Europa attratti dalla fama dei concerti delle *putte*. Incantati, ammiravano le stupende opere d'arte ed emozionati attendevano l'inizio del tanto atteso evento.

In fondo alla sala, Marietta, Giacometto, Marco e Poldina.

Se le *putte* a ogni pubblica esecuzione erano prese da trepidazione per il timore di non tenere in perfetto accordo il ritmo e la melodia e di non riuscire a creare quell'armonia sublime che estasiava i presenti, quel pomeriggio i loro cuori palpitavano per emozioni che non avevano mai percepito con tanta intensità. Ognuna di loro faceva intime considerazioni, pensava cose che forse non avrebbe mai confidato a nessuno.

Era come se qualcuno le avesse messe di fronte a uno specchio obbligandole ad analizzare delle nitide immagini che loro non avevano mai messo veramente a fuoco.

A suscitare tanta trepidazione, tanto turbamento, era la partenza di Zanetta per Parigi.

54

Le *putte* erano serie. Non si scambiavano i soliti sorrisi di incoraggiamento e di solidarietà. I loro sguardi erano rivolti ai loro strumenti e agli spartiti.

Conoscevano bene i brani che dovevano eseguire e non era la musica di Vivaldi a renderle così pensierose: quel pomeriggio salutavano Zanetta e ricordavano la nascita del loro Maestro.

Lui, con la sua genialità, con impegno, le aveva educate, preparate, trasformandole in vere artiste. Vivaldi, con la sua musica, aveva alimentato uno degli aspetti fondamentali della cultura della città e il suo *choro delle putte* dell'Hospitale era un faro e diffondeva armonica bellezza in tutto il mondo.

Gertrude, violinista, mentre con la destra stringeva il suo strumento pronta a portarlo alla spalla per poi appoggiarvi con trasporto la guancia, pensava a Zanetta.

Erano coetanee e avevano fatto lo stesso percorso musicale, ma Zanetta l'aveva sempre superata. "Merita di realizzare questo desiderio. Non ha mai nascosto di voler portare la nostra musica fuori Venezia… Se non ci fosse stato Cipriano, suo zio, lei avrebbe dovuto restare alla Pietà sino ai quarant'anni… Fortunata ad avere questa possibilità! Non so se avrei tanto coraggio, ma io non ho nessuno…"

Poco distante c'era Teresina, bravissima al flauto. Rimasta gravemente zoppa a causa di un morbo, era stata portata all'Ospizio piccolissima e nessuno si era più interessato a lei. "Se anche qualcuno si fosse occupato di me… se anche avessi una famiglia e sapessi suonare meglio di come so fare… io, che a malapena riuscirei ad arrivare a San Marco, non riuscirei mai ad andare a Parigi! Ma sono fortunata: suono il flauto… Non potrei mai smettere o lasciare la Pietà! E non invidio Zanetta. Prego solo che vada tutto bene e di rivederla presto."

Donatina era orba a un occhio, ma possedeva una voce da contralto potente. Quando non era presente a un concerto, tutti avvertivano la sua assenza. Al *choro* mancava una colonna portante. "Se non fossi orba non sarei certo qui! Forse i miei mi avrebbero trovato un marito e non avrei potuto cantare, però… Per me cantare è come respirare… No, non mi sarei sposata. Se non fossi orba, sarei stata pronta per partire… non per Parigi, ma per la Russia! Sono contenta per Zanetta… Quando tornerà, voglio mi racconti tutto!"

Su un pulpito della prima galleria c'era Caterina. Era piccola e balbuziente e, consapevole dei suoi limiti, si era impegnata per affermarsi suonando la viola. Quando abbracciava il suo strumento, provava un senso di beatitudine. Era arrivata a quel livello dopo tanti anni di impegno severo, dopo aver provato e riprovato con costanza. Non si era mai arresa alle difficoltà e, col tempo, la sua abilità le aveva permesso di affrontare brani di difficile esecuzione con successo. Era maestra di viola e trasmettere a bambine il suo entusiasmo musicale le dava grande soddisfazione. Avrebbe potuto lasciare l'Hospitale ma pensava: "Non ne sarei mai stata capace… Non perché alla mia età non sia in grado di fare un viaggio, ma perché non possiedo tanto coraggio. Zanetta, lei è davvero una donna coraggiosa! Non avrei mai pensato che potesse fare questa scelta… Un mondo nuovo sta arrivando e le donne stanno cambiando… Chissà cosa succederà nel prossimo futuro! Le mie aspettative sono sempre state limitate dai muri della Pietà e dalla musica, la mia vita è insegnare e suonare… Non riuscirei a fare altro."

Nel punto più alto della terza galleria c'era Giuditta. Era una *putta* di bell'aspetto e taciturna. Aveva sempre sofferto la mancanza della madre che aveva perso all'età di quattro anni. Il padre non l'aveva conosciuto. Suonava il violino e a volte si chiedeva se sarebbe mai uscita dalla Pietà. Non soffriva il ritmo dell'Ospedale, amava suonare, ma avrebbe anche desiderato conoscere il mondo. "Zanetta è una *putta* forte e decisa… Forse un giorno il *choro* potrebbe dare concerti anche fuori Venezia... chissà? Sarebbe bellissimo vedere altre città! Quando Zanetta ritornerà, voglio che mi racconti il suo viaggio: voglio vedere se nei suoi occhi ci sarà una luce diversa… Non posso non pensare a mia madre…" e, accarezzando il violino, aveva alzato lo sguardo. "Il concerto inizierà fra poco."

Il governatore della Pietà, che era rimasto colpito dal talento della piccola Zanetta, era dispiaciuto per la sua partenza e pensava: "Il *choro* perde una virtuosa… Cosa penserà mai di trovare in quella Parigi da tutti così decantata? Forse non sapranno apprezzare la sua bravura, la nostra musica, e per lei sarebbe una grande delusione. Una *putta* che parte… Lasciare tutto per la smania di andare… Il mondo nuovo… Vedremo, vedremo! Certo ci mancherà: sono rare le virtuose come la nostra Zanetta! Pregherò perché non le succeda nulla. Che pazzia andare così lontano! Queste donne dove vogliono arrivare?".

Nella seconda galleria, seduta, in attesa del maestro e pronta a suonare il voluminoso strumento, la tiorba, c'era Martina. La sua famiglia era proprietaria di una fornace e lei era stata affidata alla Pietà per la sua innata predisposizione alla musica: era stata sua cugina, monaca alla Pietà, a suggerire ai suoi genitori di affidarla all'Hospitale, luogo ideale per coltivare il suo talento. I genitori, avendo altri otto figli, avevano accolto la proposta, e sua madre aveva seguito la sua educazione, il suo progredire, con grande interesse: con orgoglio e soddisfazione assisteva alle esibizioni della figlia. Non era una bella *putta* e non era molto socievole, ma aveva un portamento nobile. Era ambiziosa e desiderava diventare una *maestra di choro*. In quella breve pausa rifletteva: "Io non andrei mai a Parigi: è così lontana… Quali disagi dovrei affrontare? Preferisco rimanere… Insieme avremmo potuto insegnare e concertare con la tiorba. È successo una sola volta ed è stato fantastico! Lei ama l'avventura e non riuscirebbe a rimanere qui a Venezia… Io, invece, sono certa che alla Pietà potrò diventare una valida maestra… Quando avrò raggiunto l'età deciderò se uscire e sposarmi o rimanere. Fra poco comincia il concerto e io sono davvero orgogliosa di suonare questo particolare e straordinario strumento".

Norina ricordava: "La prima volta che l'ho incontrata, ho recitato in francese e, nonostante l'emozione, ero rimasta colpita dalle sue capacità di musicista e di cantante… Ero piena di ammirazione e mai avrei pensato di partire con lei e con il mio Tomà per Parigi! Con lei forse arriveremo a Versailles, dove c'è *le Roi*. Pazzesco! In qualche famoso teatro potremo assistere a una *comédie* e magari incontrare il nostro Goldoni! Sono contenta: Zanetta merita un grande successo… Non vedo l'ora di partire!". A volte provava un po' di nostalgia per il teatro, ma guardava con affetto e gratitudine il marito.

Tomà, a sua volta, sorridendo contemplava sua moglie con occhi innamorati e pensava: "Sono contento che la mia Norina non parta da sola. Ammiro molto Zanetta. Sarà un viaggio meraviglioso! Ma se Norina avesse fatto l'attrice…".

Cecchina era accompagnata da Zuliàn. Era elegantissima. Non aveva mai assistito a un concerto alla Pietà ed era affascinata dalla bellezza del luogo da poco restaurato. Pensava al viaggio che la sua amica stava per intraprendere. "Lei parte con suo marito per un viaggio di piacere, ma Zanetta non ha nessun familiare che l'accompagni… Io non potrei mai farlo… Con il mio uomo mi sento bene qui… Non partire mai da sola!" e aveva guardato con atteggiamento dolce e pieno di riconoscenza Zuliàn. Lui era attento a ciò che stava accadendo nella prestigiosa sala, osservava e pensava a Zanetta: "Se fosse mia figlia, sarei molto preoccupato e non oso pensare se Cecchina partisse per Parigi! Forse non lo approverei…".

La contessa Sofia, distinta, raffinata, in prima fila vicino ai genitori di Prudenzia, aspettava l'arrivo del maestro con una certa tensione. Adorava Vivaldi e le *putte* lo avrebbero celebrato in modo celestiale, ma non riusciva a staccarsi dai ricordi di Parigi. "Se fossi più giovane, partirei con i quattro ragazzi! Non perderei una simile occasione per tutto l'oro del mondo! *Paris* non si può dimenticare! Sono eccitata solo al pensiero!"

La partenza di Zanetta rattristava molto anche suor Pia. Era affezionata a quella creatura che aveva preso in braccio quando aveva solo due giorni. Quella brutta macchia l'aveva commossa. Aveva visto altre neonate svantaggiate, ma lo sfregio su quel visino l'aveva disarmata e si era arresa alla richiesta dello zio. "Non credevo che sarebbe uscita... con quella macchia! Non sono pentita di aver ceduto a quel compromesso, ma sono in ansia per questa *putta*... Se dovesse succederle qualcosa, mi sentirei responsabile... Certo, queste nuove idee non mi lasciano indifferente... anche se non si sa come potrà cambiare questo nostro mondo... Non posso non stimare la sua forza di volontà, la sua capacità artistica. Forse è giusto che anche in altre città la possano conoscere e apprezzare. Questo, il Signore mi perdoni, mi rende un po' orgogliosa... Ora io non posso fare altro che pregare per lei e per i suoi compagni di viaggio... Sono in ansia: chissà quando potrò rivederla e sentire nuovamente la sua incantevole voce... In attesa dell'inizio, non mi resta che pregare." E, presa la corona in mano, in silenzio, aveva incominciato a recitare il rosario.

Marietta era vicina ai tre giovani musicisti che sarebbero partiti con Zanetta. Forse era la più giovane fra i presenti e sicuramente era la più commossa. "Se quel mattino non fossi scappata, ora sarei chiusa in un ospizio ad assistere vecchi e infermi e non potrei curare la mia bambina. Non saprò mai ringraziarla abbastanza per tutto quello che ha fatto e che sta facendo per me! Mi spiace che parta: per molto tempo non la vedrò... Lei è stata l'unico conforto in tutta la mia disgraziata esistenza… Curerò la sua casa e sarò felicissima di rivederla. Non può capitarle nulla di male, perché lei sa farsi stimare e amare da tutti. È generosa, è il mio angelo custode. Non vedo l'ora che comici il concerto: è la prima volta che la sento suonare e cantare… Sono inquieta come quando doveva nascere la mia Bertina."

I tre musicisti che dovevano partire erano agitatissimi. Improvvisamente erano stati presi dal timore di non essere all'altezza di quell'artista da tutti tanto apprezzata. La temevano più delle incognite del viaggio. Erano silenziosi. Attenti. Concentrati. Come si esibivano le *putte*? Quel pomeriggio avrebbero certamente appreso più che da qualsiasi prestigiosa lezione.

Prudenzia, dopo aver sistemato la mascherina, guardava il flauto e con profonda emozione pensava a ciò che stava accadendo all'amica. "Zanetta realizza il suo sogno. Quante volte mi ha confidato di voler andare a Parigi, di voler viaggiare, portare la nostra musica in luoghi lontani? Mi mancherà molto… Quante confidenze ci siamo scambiate! Non ho mai avuto un rapporto di amicizia così immediato e sincero… Quando concertiamo l'accordo è sempre immediato e spero, anzi sono certa, che suoneremo ancora insieme… Quando tornerà a Venezia, le farò una sorpresa. Lei ancora non lo sa, ma le confiderò una cosa importante: le comunicherò che ho intenzione di prendere i voti. La sua scelta mi ha spinta a prendere la decisione che da tanto tempo meditavo. Ho sempre rimandato, ma io non lascerò mai la Pietà: questa è la mia casa, qui potrò ringraziare Iddio e mettere a frutto il mio talento. Sono emozionata come la prima volta che sono salita su questi pulpiti. Ormai la musica sta per iniziare. Sono pronta."

55

Zanetta era di fianco al maestro. Dopo poco sarebbe uscita e avrebbe salutato la Pietà, Venezia e il pubblico con il violino e la sua voce. Era seria, concentrata, pensosa.

Era anche molto elegante. Alcuni giorni prima, appena alzata, indossando ancora la camicia della notte, con passo deciso si era recata nella stanza di suo zio e, alzata l'asse del pavimento coperta da un tappetino, aveva preso la scatola del suo «tesoro». Dopo aver controllato il contenuto, aveva prelevato degli zecchini. Mentre risistemava con cura ogni cosa, con entusiasmo si era messa a elencare i capi che avrebbe comprato per la grande occasione: un corpetto beige e una larga gonna damascata a fiori, tono su tono, color ruggine.

Cecchina, intanto, aveva creato per lei una maschera di pizzo con seta e filo d'argento e per Prudenzia una con filo d'oro. Zanetta aveva le mani sudate e la nuova mascherina le premeva lo zigomo. L'aveva risistemata, ma continuava a procurarle un certo fastidio. L'emozione le chiudeva la gola. Le sembrava di avere sete.

Stringeva il violino con forza, tanto da lasciare il segno delle corde sui polpastrelli. Il fazzoletto bianco era già posizionato sul bordo dello strumento.

I pochi minuti di attesa dell'inizio del concerto erano stati intensi, di raccoglimento, di vivi ricordi, di emozioni profonde, di riflessione e valutazione. La sua mente le proponeva un susseguirsi di immagini e lei riusciva a coglierne il significato con obiettività e coraggio.

Uno sguardo alla sala e si era rivista piccola alla prima esecuzione.

"C'era Cipriano. Molte non avevano nessun famigliare... Se ora sono pronta a partire, lo devo a lui: se non avesse alimentato quel mio innato desiderio di conoscere il mondo fuori dalla laguna, non avrei mai preso questa decisione. E determinante è stato l'esempio di Caterina Dolfin: ha sostenuto le sue convinzioni con coraggio. Nemmeno l'Inquisizione è riuscita a intimorirla! Ha coltivato la scrittura, la sua arte, e ha cercato di divulgare la cultura con le *pecorelle*, ha patrocinato le nuove idee che vengono da Oltralpe… Anche Goldoni è andato a Parigi per esprimere il suo nuovo teatro dove le donne possono esibirsi liberamente sul palcoscenico! E anch'io potrò suonare e cantare in un pubblico teatro… Finalmente sto realizzando il mio grande sogno!"

Queste considerazioni avevano allentato la sua tensione. Poi, inaspettatamente, aveva pensato ai suoi genitori.

Di sua madre, grazie alle tante notizie che Cipriano le aveva trasmesso, conosceva molti aspetti e particolari che le avrebbero permesso di riconoscerla anche se non l'aveva mai vista. Le procurava piacere pensare che sarebbe stata orgogliosa delle sue capacità e avrebbe acconsentito al suo viaggio.

E suo padre? Non l'aveva mai conosciuto. Nemmeno Cipriano l'aveva mai incontrato. Sapeva che era un violinista ed era certa che gli aveva trasmesso la sua predisposizione alla musica. Anche il desiderio di portare la sua musica in luoghi lontani era stata una caratteristica di suo padre. Mai come in quel particolare momento aveva avvertito il bisogno di averlo accanto, il rimpianto di non averlo conosciuto, di non aver sentito la sua voce. Struggente non averlo mai sentito suonare! Quanti confronti avrebbe potuto fare? Quanto avrebbero potuto concertare?

Non si era mai sentita tanto sola!

Era stata sopraffatta da una emozione indescrivibile e, non riuscendo a trattenersi, la mascherina si era inumidita.

Il concerto stava per iniziare. Il violino era accordato e Zanetta aveva incrociato lo sguardo serafico di Prudenzia che le sorrideva e si era rasserenata. Avrebbero suonato insieme ancora una volta e poi lei avrebbe intonato il canto alla Vergine.

"Madre Santissima, proteggimi. Fa' che la voce esca, che non mi blocchi" aveva pensato e aveva guardato tutto il pubblico che, in silenzio, attendeva.

Zanetta, nel constatare quanto amore aleggiava verso le *putte* e quanta concentrazione c'era sui volti dei presenti polarizzati alle gallerie in attesa della gioiosa serenità che la loro musica suscitava, si era commossa e aveva preso piena coscienza del loro prestigio.

Il *choro* era di fondamentale importanza per le *putte* che, attraverso la musica e il canto, si affermavano appagando il primario bisogno di mettere a frutto i loro talenti.

Si chiedeva: "Cosa sarebbe Venezia senza il *choro*? Una città votata al commercio, al lusso, al potere".

Ma il *choro* era la ricchezza dell'animo umano: la spiritualità, la sensibilità al bello e alla cultura.

Quelle riflessioni l'avevano portata a guardare la sua scelta in modo più particolareggiato. Vedeva luci di colori diversi, come quando si mette controluce un prisma ottico, quando accade quella magia. Una cosa stupefacente. I raggi si scompongono e si vede una miriade di colori.

E, come il prisma, il viaggio mostrava diverse facce, tra cui quella della tristezza per la lontananza.

"Partirò, farò questa invidiabile esperienza, ma sono certa che tornerò a far musica alla Pietà con tutte loro. Non potrò mai lasciare definitivamente il luogo che mi ha dato questa meravigliosa possibilità. Non potrò mai staccarmi completamente dalle *putte*… A Parigi potrei incontrare delle giovani che desiderano venire in laguna per conoscerle e per imparare la nostra arte! Posso partire, suonare e cantare liberamente, anche se sono una donna, ma, se non avessi appreso l'arte, non avrei mai potuto allontanarmi da Venezia per provare ad affermarmi…"

Pensare che avrebbe potuto tornare e concertare con le *putte* le rendeva il prossimo distacco sereno.

Il maestro aveva alzato la bacchetta e aveva dato il «La».

Il concerto era iniziato.

NOTE

Marcantonio Bragadin (Venezia, 21 aprile 1523-Famagosta, 17 agosto 1571). Scorticato dagli ottomani, la sua pelle è conservata e venerata nella chiesa di San Giovanni e Paolo. Prima era in San Marco. È il patrono laico di Venezia.

Giacomo Casanova (Venezia, 2 aprile 1725-Castello di Dux, Boemia, 4 giugno 1798). Scrittore, poeta, filosofo, diplomatico, alchimista, agente segreto della Serenissima, avventuriero. Viaggiò in tutta Europa. Condannato fuggì dai Piombi e si rifugiò a Parigi. Scrisse le *Mémoires de J. Casanova de Seingalt, écrits par lui-même* in francese.

Elena Lucrezia Corner Piscopia (Venezia, Ca' Loredan, 5 giugno 1646-Padova, 26 luglio 1684). Fu la prima donna laureata. Presso l'Ateneo di Padova, il 25 giugno 1678, sostenne la tesi nella "Cappella della Vergine" della Cattedrale. È sepolta in Santa Giustina a Padova.

Caterina Dolfin Tron (Venezia, 8 maggio 1736-Venezia, 14 novembre 1793). A diciannove anni sposò Marcantonio Tiepolo di San Polo. Dopo un anno chiese il divorzio. Nel 1772 sposò Andrea Tron, ambasciatore di Venezia, cavaliere della Stola d'Oro e infine procuratore di San Marco. Morì improvvisamente a Venezia e venne sepolta in San Marcuòla (San Fortunato e San Emagòra) con la madre Donata Salamon. Ha lasciato la sua ricca biblioteca a suo nipote Grimani.

Carlo Goldoni (Venezia, 25 febbraio 1707-Parigi, 6 febbraio 1793). Lasciò la carriera giuridica per il teatro. Con la sua riforma si proponeva di ridare dignità letteraria al teatro eliminando le maschere e rappresentando sempre più le situazioni reali. Morì in miseria. La notizia che gli era stato rinnovato il vitalizio conferitogli dal Re di Francia venne comunicata alla moglie, Nicoletta Connio (conosciuta a Genova), il giorno della sua morte.

Andrea Tron (Venezia, 3 ottobre 1712-Monigo, Treviso, 25 giugno 1785). Ricchissimo e prestigioso aristocratico della Serenissima, politico, procuratore di San Marco, insieme alla moglie Caterina Dolfin ha sostenuto le idee che avrebbero cambiato il mondo e lottato per esse ha lottato. Al loro passaggio, nel 1797, le truppe napoleoniche hanno incendiato e distrutto un suo Palazzo sulla Riviera del Brenta. È sepolto nella chiesa di San Stàe a Venezia.

Antonio Vivaldi (Venezia, 4 marzo 1678-Vienna, 28 luglio 1741). Denominato *il prete rosso*, è stato Maestro di *choro* e di violino. Compose 40 opere teatrali, 447 concerti, 23 opere sinfoniche. Realizzò il famoso *Choro delle Putte* con le giovani ospiti dell'Ospedale della chiesa della Pietà. Morì in miseria a pochi passi dalla casa di Mozart, che alla triste notizia pianse amaramente.

I francesi, senza trovare resistenza, hanno preso possesso di Venezia e col Trattato di Campoformio, il 17 ottobre 1797, hanno ceduto la Serenissima all'Austria. Immediatamente hanno aperto i cancelli del Ghetto e sciolto il *Choro delle Putte*.

Della stessa autrice

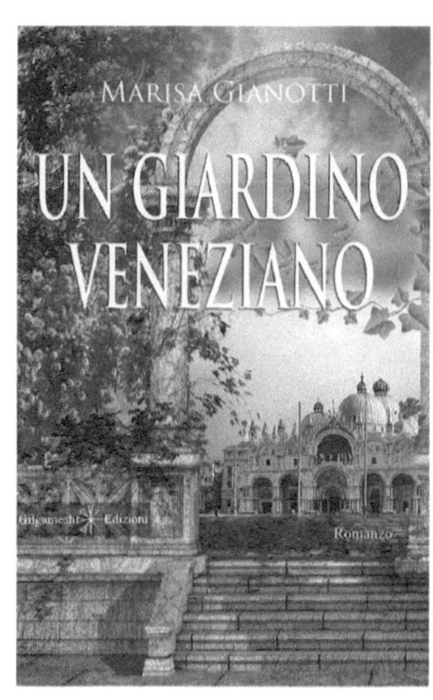

ANUNNAKI – Collana di Narrativa

Angel Luís Galzerano, *Storie lunghe una canzone*
Carlo Salvoni, *Menamato – Storie di un cane a tre zampe*
Ruco Magnoli, *Sharon pesca*
Fausto Bertolini, *Il caso Satanas*
Mauro Novellini, *Nella legione di confine*
Celine Finco, *Due razze*
Riccardo Bassi, *La nostra prima vera estate*
Giulia Deon, *Novelle in decrescendo*
Ruco Magnoli, *Sharon vola*
Maurizio Salva, *Omicidio in Cittadella*
Alessandra Perugini, *Blu oceano*
Francesco De Siena, *Le variazioni degli spiriti*
Carla Menaldo, *Rosastrega*
Alberto Costantini, *Le astronavi di Cesare*
Chiara Donà, *In ognuno di noi*
Erminio Giavini, *Con un capello biondo si può vincere il premio Nobel*
Alessia Moneta, *Dagli occhi di Alice*
Antonella Presutti, *Nevica poco e male*
Alberto Sogliani, *Una squadra lunga dieci anni*
Florino Rubiano Fila, *Di veleno e di sogno*
Luca Bonaffini, *Eterni secondi*
Mauro Acquaroni, *L'Utile – à la recherche de –*
Emiliano Caiani, *Criminose illusioni – Delitti e destini –*
Luca Pipitone, *Papao*
Pierangela Rubes, *Donne in silenzio*
Augusto Bolther, *I racconti del sabato*
Marisa Gianotti, *La collana di Miràm*
Ruco Magnoli, *Sharon scia*
Ruco Magnoli, *Sharon protegge*
Luigi Schifitto, *Delitti di stagione*
Ruco Magnoli, *Sharon studia*

Lidia Masci, *Le ali di Alì*
Ruco Magnoli, *Sharon alleva*
Ruco Magnoli, *Sharon balnea*
Ruco Magnoli, *Sharon villeggia*
Ana Danca, *Patrie interiori*
Eliana Fusai, *Il tempo dell'anima*
Luca Ragazzini, *Le misturanze – Dormiveglia irlandese*
Nadia Bellini, *Un cancello a chiudere il vento*
Silvia Peroni, *Gatti, Stregatti e Aristogatti*
Sergio Rossi, *Una questione di naso*
Ruco Magnoli, *Sharon ritorna*
Ruco Magnoli, *Sharon suona*
Alessandro Gianesini, *La brigata della speranza*
Monica Ferraioli, *Cenerentola oggi calzerebbe il 41*
Guendalina Bosio, *Destinazione felicità*
Luca "Splash" Guarneri, *Sigla*
Maristella Bonomo, *Navel*
Fausto Bertolini, *Giulietta deve morire*
Riccardo Bassi, *Sognando Bologna*
Simone De Bernardin, *Lettere*
Paolo Pisi, *Il meccanico di Nuvolari e altri personaggi di genio*
Ilaria Arpella, *Le cronache dei Regni Perduti – Le Regine dei Regni Perduti*
Giorgio Corvi, *Il fiore dell'eternità*
Ruco Magnoli, *Sharon fiuta*
Ruco Magnoli, *Sharon nuota*
Raffaella Azzini, *Vento d'autunno*
Laura Coghi, *Innamorarsi del possibile*
Angel Luís Galzerano, *Naufraghi*
Elisabetta Baraldi, *Sono tornate le pecore*
Floriano Rubiano Fila, *Scritto in Nicaragua*
Aquilino, *Passione di Fedra*
Silvia Peroni, *Tutto in un mese*
Mauro Acquaroni, *Ho visto – J'ai vu*
Stefania Lamanna, *Il rimpianto perfetto*
Sergio Rossi, *La bella età*

Maria Giovanna Farina, *Non siamo solo cagnolini*
Ariel Shimona Edith Besozzi, *Qualcosa per cui correre*
Lina Calogera Alaimo, *Stella Fruttidoro*
Cornelia Campidelli, *L'ignoto capovolto*
Fausto Bertolini, *Gli omicidi del Colosseo*
Adriano Bernasconi, *Eterofobia*
Ruco Magnoli, *Sharon visita*
Ruco Magnoli, *Sharon sconfina*
Lorenzo Zani, *A. Strano*
Alice Cesarini, *Abraham*
Edoardo Francesco Taurino, *Ātman e Poesia*
Maria Renata Sasso, *La cardatrice*
Cristina Brutti, *Un cammino, il mio*
Nicola Calza, *L'eredità degli uomini*
Andrea Bucci, *La leggenda del dono di Taon*
Chiara Furlotti, *Lacrime d'inchiostro*
Martino Malgesini, *Morfina*
Marisa Gianotti, *Un giardino veneziano*
Franco Brighi, *Il giorno in cui morì Alejandro Jodorowsky*
Roberto Tondi, *Sulle ali*
Alberto Costantini, *La donna del tribuno - L'avvincente storia di una donna ai confini dell'Impero Romano* di Alberto Costantini
Paola Azzoni, *La Piccola*
Jennifer Hamilton, *L'ultima ninfa*
Gabriella Paola Zurli, *La maison qui touche aux bois*
Luigi Randaccio, *I quesiti di novizio Calabrone*
Claudia Melegari, *Di visione*
Claudia Mereu, *Il mondo a culo in susu – Quando l'amore non ti lascia morire in pace*
Ruco Magnoli, *Sharon rifiuta*
Ruco Magnoli, *Sharon esorcizza*
Claudio Fraccari, *Le spine della rosa – Commedia breve in prosa*
Francesca Bonetti, *Un mare d'amore*
Vivien Zinesi, *Sogni di carta*
Fabio Giagnoni, *Infernorama*
Fausto Bertolini, *Negli occhi delle donne – Vita sentimentale di Cartesio*

Ana Danca, *La voce del silenzio*
Maria Beatrice Bandera, *Banda bandera*
Antonino Moschella, *Il sarto di Zeus*
Emilio Salgari, *Il corsaro nero*
Fabrizio Ferloni, *Il mare di Cristobal*
Stefano Iori, *I semi dell'incanto. Racconti 1972 – 2020*
Massimo Petrilli, *Io sono colui che sono*
Michela Guindani, *Come un campo di papaveri*
Massimo Baraldi, *Nagottville*
Alberto Costantini, *Donne ai confini dell'Impero*
Alessandro Gianesini, *Relazioni pericolose – Amori e altri disastri*
Marcello Tarozzi, *Le città dei sogni – Racconti del nostro tempo*
Vittorio Cicirata, *I tre demoni*
Giulia Elisabetta Bianchi, *Vite traverse*
Fausto Bertolini, *L'ultimo amore di Casanova*
Francesco Torreggiani, *Sentenze mortali*
Maria Renata Sasso, *I miei Balcani*
Anna Bertuccio, *L'isola delle donne volanti*
Antonio Badolato, *Quirinale: operazione Ultima spes*
Marcella Guidoni, *Il cammino delle oche selvatiche*
Cristina Danielis, *Nostalgia degli incontri*
Stefano Montruccoli, *L'ultimo assolo*
Emanuele Gualerzi, *Le false verità*
Alberto Costantini, *La schiava dei libri*
Franco Brighi, *Le parole sospese*
Luigi Guicciardi, *I segreti non riposano in pace*
Giulia Deon, *Vladimir Korsakov*
Sergio Rossi, *Le donne del lago*
Myriam Mantegazza, *La verità dell'agave*
Stefania Miotto, *La preda*
Andrea Del Ponte, *Il professore e la strega*
Silvia Peroni, *Riparto da qui*
Marisa Gianotti, *La ragazza con i libri in testa*
Gwenliam Starwild, *Maudite*
Riccardo Pozzi, *Nel centro della pianura*
Alberto Costantini, *L'ultima amazzone*

Alice Cesarini, *Ludwig*

Irene Rossi, *Delitti imperfetti*

Eugenio Mealli, *Nemico globale*

Mauro Acquaroni, *Morte presunta di un notaio*

Daniele Vazquez, *Tutti i bravi bambini vanno in paradiso*

Luigi Schifitto, *Una persona scorretta*

Fausto Bertolini, *Il giallo del giallo*

Laura Medei, *La goccia*

Alberto Costantini, *Oltre l'ultimo limes*

Michela Guindani, *La casa che respirava ancora*

Paola Sbardaba Ferrari, *Il casolare sull'aia*

Ana Danca, *I cinque punti cardinali*

Alessio Bussi, *L'ordine*

Corrado Grossi, *Mai più nessuno come noi*

Cornelia Campidelli, *Lettere da un'anima*

Barbara Perini, *L'amore è la via*

Lorena Marenzi, *Prima o poi un libro lo scrivo*

Alberto Costantini, *Attila, il Principe delle Lucertole*

Giorgio Montanari, *La ragazza che parlava alle api*

Angelo Lamberti, *I laghi di Mantova*

Marco Minicangeli, *Le ali di cera*

Luigi Guicciardi, *Tre storie di sangue - La nuova indagine del commissario Laudani*

Silvia Peroni, *Uomini smarriti*

Angel Luìs Galzerano, *Isole comprese*

Elena Bertocchi, *Fidati di me*

Simone Bonomelli, *Nelle terre dei risorti*

Fausto Bertolini, *Il giocoliere e la rosa – Vita erotica di Gabriele D'Annunzio*

Alberto Costantini, *Le quattro morti di Postumia Sabina*

Anna Zucchi, *Un freezer pieno di colli di tacchino*

Elisabetta Baraldi, *Le stagioni di Teresa*

Enzo Riccò, *Il dodicesimo padre*

Paola Sbarbada Ferrari, *L'oblio nei tuoi occhi*

Ruco Magnoli, *Sharon ispeziona*

Ruco Magnoli, *Sharon soccorre*

Ruco Magnoli, *Sharon europeizza*
Ruco Magnoli, *Sharon riposa*
Ruco Magnoli, *Sharon evoca*
Ruco Magnoli, *Sharon filosofeggia*
Ruco Magnoli, *Sharon parcheggia*
Alessandro Martellini, *La vela bianca*
Luca Gambardella, *Segni particolari: tatuaggio con una stella a 5 punte sul polso sinistro*
Elena Bertocchi, *Il dolce profumo della pioggia*
Marzio Zaini, *Non c'è più casa per Jan*
Paolo M. Durante, *Tornanti*
Emanuela Rastrelli, *Sulla rotta della Queen's Anne Revenge*
Mariangela Biffarella, *La figlia della luna piena*
Nicole Sabatini, *Lo sguardo nudo*
Elvira Onorato, *Infinitamente di più*
Roberto Zaupa, *The Wall Streeter*
Mauro Acquaroni, *2040*
Enrico Beretta, *Conrad l'infame*
Gloria Vana, *La scelta*
Marisa Gianotti, *Venezia, Zanetta e putte di choro*
Matteo Felici, *Ronin*

GEŠTINANNA – Narrativa classica

Italo Svevo, *L'assassinio di via Belpoggio*
Augusto De Angelis, *Sei donne e un libro*
Carolina Invernizio, *I misteri delle soffitte*
Giulio Piccini (Jarro), *L'assassinio nel vicolo della luna*
Edgar Wallace, *La porta dalle sette chiavi*
Marie Adelaide Belloc Lowndes, *La dama di compagnia*
Cesare Pavese, *La bella estate*
Augusto De Angelis, *Il canotto insanguinato*
Oscar Wilde, *Il ritratto di Dorian Gray*
Luigi Pirandello, *Uno, nessuno e centomila*
Augusto De Angelis, *Il banchiere assassinato*

Sfoglia il nostro **catalogo completo**

inquadrando con il tuo **cellulare**
il **Qr-code** riportato qui sotto

Buona lettura

da **Gilgamesh Edizioni**

www.ingramcontent.com/pod-product-compliance
Lightning Source LLC
LaVergne TN
LVHW051519170726
843492LV00006B/1579